MUNDOS PARALELOS

MUNDOS PARALELOS

HORROR

Organização • Oscar Nestarez

GLOBOCLUBE

Copyright © 2023 Editora Globo S.A.
Copyright de texto © 2023 by Cláudia Lemes, Cristhiano Aguiar, Duda Falcão, Flávia Muniz, Flavio Reis, Márcio Benjamin Costa Ribeiro, Nathália Xavier Thomaz, Oscar Nestarez, R.F. Lucchetti

Todos os direitos reservados. Nenhuma parte desta edição pode ser utilizada ou reproduzida — em qualquer meio ou forma, seja mecânico ou eletrônico, fotocópia, gravação etc.— nem apropriada ou estocada em sistema de banco de dados sem a expressa autorização da editora.
Texto fixado conforme as regras do novo Acordo Ortográfico da Língua Portuguesa (Decreto Legislativo nº 54, de 1995).

Editor responsável: Lucas de Sena
Assistente editorial: Jaciara Lima
Revisão: Erika Nakahata e Ção Rodrigues
Projeto gráfico e diagramação: Luyse Costa
Aplicação de emendas: Ilustrarte Design
Ilustrações de capa e internas: Germana Viana

CIP-BRASIL. CATALOGAÇÃO NA PUBLICAÇÃO
SINDICATO NACIONAL DOS EDITORES DE LIVROS, RJ

M928

Mundos paralelos : horror / organização Oscar Nestarez ; Cláudia Lemes ... [et al.] ; ilustração Germana Viana. - 1. ed. - Rio de Janeiro : GloboClube, 2023.
    128 p. (Mundos paralelos)

    "Paratextos"
    ISBN 978-65-85208-00-0

    1. Contos. 2. Literatura juvenil brasileira. I. Nestarez, Oscar. II. Lemes, Cláudia. III. Viana, Germana. IV. Série.

22-81525
CDD: 808.899283
CDU: 82-93(81)

Meri Gleice Rodrigues de Souza - Bibliotecária - CRB-7/6439

1ª edição, 2023

Editora Globo s.a.
R. Marquês de Pombal, 25
CEP 20.230-240 — Rio de Janeiro — RJ
www.globolivros.com.br

Mundos paralelos é uma coleção feita para explorar novos universos, entreter e assustar, resolver enigmas, pensar na vida e suas possibilidades, soltar a criatividade, curtir uma boa leitura. Convidamos oito escritores de diferentes lugares, com diferentes trajetórias e jeitos de contar histórias, e gostaríamos que você também participasse dessa aventura pela linguagem. Aqui você pode se encontrar com personagens bem diversos, dialogar com eles, conhecer suas histórias, e a partir disso assumir uma posição no mundo, com sua sensibilidade e imaginação em jogo. Existem infinitas formas de se expressar e de estar neste planeta, e em algum mundo paralelo você também é personagem ou autor de uma história. Já pensou nisso?

Sumário

Unidos de Vila Morta
Cláudia Lemes — 8

Meia-noite na Guerra do Paraguai
Cristhiano Aguiar — 22

Crianças do mar
Duda Falcão — 34

Claire de Lune
Flávia Muniz — 44

A décima quinta do círculo
Flávia Reis — 56

A noiva do São João
Márcio Benjamin — 68

Ana e a Outra
Nathália Xavier Thomaz — 84

A casa
R. F. Lucchetti — 98

Explorando mundos paralelos — 108

Autorias: quem está por trás de cada conto — 120

Unidos de Vila Morta

Cláudia Lemes

Aurora estava tão cansada que confundiu o toque do telefone com a campainha.

— Pizza! — gritou e ouviu a correria dos primos. Grudou o telefone na orelha enquanto Jeferson e Marlon riam dela.

— Oi, miga. — Era Katia. Aurora teve que enfiar o dedo no outro ouvido para ouvir o resto: — Preciso ir lá no galpão. Tô com medo. Vem comigo?

— Eu até iria, mas já sabe...

— Tua tia tá trabalhando até tarde e você tá cuidando das pestinhas.

Aurora gesticulou para que Jeferson e Marlon descessem do sofá.

— É isso. A gente se vê mais ta...

Katia a interrompeu com medo na voz:

— Leva eles. Vai ser rapidinho. Tô de carro, passo aí em cinco minutos.

Aurora não sabia o que era pior: andar no meio da noite no carro detonado da avó de Katia ou ir ao galpão da escola de samba Unidos de Vila Morta levando os primos. Ela se colocou no lugar da melhor amiga: se tivesse que ir sozinha até aquele lugar sinistro, também ia querer companhia. Só que sua tia surtaria se descobrisse que ela levou Marlon, que só tinha oito anos, e Jeferson, de catorze, para o galpão.

A campainha tocou. Agora, sim, era a pizza.

"Eu topo levar uma bronca para evitar que algo de terrível aconteça com a minha amiga", ela pensou, antes de dizer:

— Temos que voltar antes da meia-noite.

Jeferson estava adorando sair de casa. Odiava quando a mãe ficava até tarde no hospital onde trabalhava. Era divertido quando seu pai estava vivo, porque eles aproveitavam a ausência dela para ver filmes cheios de sangue e violência — filmes que Cida nunca deixaria os filhos assistirem. O pai deles era bombeiro e morrera no trabalho.

O carro sacolejou e Marlon soltou um "ai" quando bateu a cabeça no interior da porta.

— Foi mal! — disse Katia e riu. — Droga de buracos!

— Aonde a gente tá indo mesmo? — Marlon esfregou a cabeça e mordeu o pedaço de pizza.

— No galpão da escola de samba — Aurora se virou no banco e olhou para os primos. A luz dos postes iluminava o rosto dela em flashes, mostrando a pele negra que ela cuidava com uns cremes estranhos com nomes como "Argila da beleza" e "Pepino celeste" —, então vocês precisam se comportar.

A amiga dela, que dirigia pior do que qualquer motorista de ônibus que Jeferson conhecia, complementou:

— Eu só preciso entregar uns produtos de limpeza que o pessoal da escola comprou da minha mãe. Era para ter feito isso à tarde, mas esqueci. Opa, outro buraco!

O carro sacolejou e Marlon soltou um "aiii" exagerado.

Jeferson prestou atenção na conversa sussurrada das duas garotas mais velhas, enquanto olhava pela janela as ruas sujas, desertas e pichadas de Vila Morta.

— Por que não levou os produtos à tarde, o que tava aprontando?

— Fui encontrar o Rubinho, miga.

O coração de Jeferson afundou; tinha achado Katia tão bonita. Mas é claro que uma mina daquelas já tinha namorado. "Além do mais, cabeção, ela já tem dezoito anos e você só tem catorze. Nenhuma garota gosta de moleques mais novos." O carro parou. Aquela rua parecia um beco onde psicopatas aguardavam na escuridão, com cicatrizes e dedos pingando sangue.

— A gente vai parar aqui? — Ele tentou não soar medroso. Quando Katia desligou o motor e o silêncio preencheu o carro, ele ouviu o próprio coração martelar no peito.

— Por isso eu não queria vir sozinha. — Katia resmungou.

— Vamos, rapidinho. — Aurora tirava o cinto de segurança.

Os quatro saíram do carro e correram até a porta de metal do galpão. Na escuridão, Katia tentou uma chave após a outra na fechadura e soltou uns palavrões. Jeferson ergueu o pescoço para o nome na fachada: Unidos de Vila Morta. Ele não gostou nada do símbolo que acompanhava o nome: uma caveira tocando um pandeiro.

— Consegui! — sussurrou Katia, abrindo a porta.

Ficaram na escuridão enquanto ela procurava o interruptor. Assim que as luzes se acenderam, Jeferson ignorou os sons de Katia trancando a porta, Marlon soltando alguma expressão de espanto e Aurora fazendo advertências. "Olha só para isso!"

Era um espaço tão amplo que era impossível enxergar seu final, imerso em escuridão. Ferragens criavam arcos e colunas que pareciam querer arranhar o teto de latão do galpão, tão altas que Jeferson calculou terem dez vezes sua altura. Penas, plumas, tábuas de madeira e formas de plástico estavam grudadas às estruturas de metal em diversas fases de construção, espalhadas pelo piso. Tudo cintilava com purpurina, e o cheiro de tinta fez Jeferson sentir o gosto químico. O que mais chamava atenção era a escultura de um esqueleto, colada na parede, com um pandeiro na mão.

— O que são essas coisas? — Marlon se aproximou.

— Carros alegóricos. Ainda estão sendo montados — ele respondeu, feliz por ter as respostas para impressionar Katia. — Eles são montados em chassis de ônibus.

— O que são sashimis?

Jeferson balançou a cabeça. — Deixa quieto.

Aurora se aproximou deles.

— Eu odeio este lugar.

— Por quê?

— As histórias...

— Conta as histórias, já tenho idade para ouvir. — Marlon levantou o queixo em desafio.

Enquanto esperavam Katia retornar da cozinha, para onde levara os produtos de limpeza, Aurora falou:

— Então... A escola do bairro, Pássaro Dourado, ficou endividada, e o dono incendiou o galpão para receber o dinheiro do seguro.

— O que ele não sabia...

Eles pularam de susto ao ouvir a voz, mas era apenas Katia, retornando.

— ... é que algumas pessoas estavam dormindo no galpão. Morreram no incêndio. A escola acabou depois disso, que aconteceu láááá em 1930, mas uns dois anos atrás um investidor construiu outro galpão, e no ano que vem eles vão finalmente voltar a desfilar.

— A gente tá no lugar onde o pessoal virou fantasma? — perguntou Marlon.

— Que coisa horrível de falar. — Aurora suspirou.

— Mas é isso mesmo. — Katia olhou em volta. — Dizem que o samba-enredo foi encontrado no baú do dono original da escola, o cara que queimou tudo.

— Deveríamos voltar — Jeferson murmurou. Não queria mais estar ali. Tinha a impressão de que os olhos dos bonecos e animais nos carros alegóricos o seguiam, e que coisas se moviam nas sombras.

— Qual é o tema do desfile? — Aurora perguntou.

— Por incrível que pareça, fogo.

Os três olharam para Katia, que deu um sorriso cansado.

— Olha só, os carros são dos deuses e deusas do fogo, em várias culturas e religiões. — Ela cantou o samba: — *Chama vermelha, ô, chama vermeeelhaaa, / Alimenta minha fogueira, fogueira, / Faz a avenida aquecer e ferveeeer / Levanta o povo da cadeira!*

Marlon gargalhou, jogando-se no chão, mas Jeferson e Aurora trocaram um olhar assustado. A prima dele até se benzeu, mas Katia deu de ombros:

— O povo tem senso de humor. Dizem que esse galpão é assombrado porque seus ossos ainda estão aqui. Enfim, vamos embora?

"Ainda bem." Jeferson seguiu as garotas até a porta. Katia chegou a deslizar a chave na fechadura, mas os encarou por cima do ombro: — Ei, cadê seu irmão?

Jeferson estava pronto para dar uma bronca em Marlon. Seu estômago ficou frio quando ele percebeu que o irmão não estava em lugar algum. Aurora e Katia berraram o nome dele, mas não houve resposta. Enquanto elas se esgoelavam e ameaçavam, Jeferson notou o chão de cimento. A poeira salpicada de glitter mostrava a marca nítida onde Marlon foi arrastado.

"Que tipo de brincadeira…?" Ele não teve tempo para falar. Um grito estridente o fez se encolher. Era Katia, apontando para algo além deles, ao fundo do galpão.

— Alguma coisa se mexeu ali, eu juro, eu juro! — A voz dela vibrava de medo.

— Marlon, perdeu a graça! — Aurora berrou. A prima suava. — Vamos embora sem você, seu bestinha!

Nada.

— Gente, o que tá acontecendo aqui? — Jeferson perguntou devagar.

— Eu não tenho tempo para isso — Aurora falou entredentes. — Se sua mãe chegar e a gente não estiver em casa, ela vai me matar. Vamos procurar o Marlon, cada um num canto, a gente se encontra neste mesmo lugar daqui a pouco.

"Nunca nada de bom acontece quando a turma se separa", Aurora pensou enquanto contornava os esqueletos dos carros alegóricos, sozinha. "Mas a ideia foi minha, então não posso reclamar."

Ela sacudiu o celular e a luz branquíssima da lanterna acendeu, percorrendo as máquinas de costura, os adereços em tiras de couro, plumas, bastões e os cortes de papel celofane que imitavam chamas.

— Marlon… — ela sussurrou. — Vamos logo, aqui é perigoso para crianças. Sua mãe vai ficar furiosa, e ela tá passando por um momento ruim, por causa do seu pai.

Crick.

Aurora congelou. Aquele som viera de trás dela. Ela se virou rapidamente, jogando a luz do celular onde conseguia. "O que… Aquilo são olhos?" O corpo dela tremeu de susto, e o celular escorregou da mão suada, estalando no chão com um som de vidro quebrando. Tudo ficou escuro.

Marlon estava escondido debaixo de uma mesa, num canto escuro do galpão. Lembrava-se de estar prestes a se levantar e seguir os mais velhos até a porta, quando algo — duro e forte — agarrou seus pés e o puxou, numa velocidade alucinante. Prestes a gritar, ele sentiu o impacto na nuca. Ficou tonto, e a última coisa que viu, antes de apagar, foi seu irmão, sua prima e Katia se distanciando.

Acordou com dor de cabeça, entre araras de fantasias coloridas e brilhantes, e se escondeu. Onde estavam os mais velhos? E o que havia agarrado seus tornozelos?

Swish, shhh.

Ele cobriu as orelhas, apavorado. "Ah, não, o que é esse som? Socorro!" Não podia gritar. E se a coisa o ouvisse? Com o pavor correndo pelo corpo, Marlon olhou para cima. Não ventava dentro do galpão, e mesmo assim as fantasias estavam balançando.

"Não, Marlon, elas estão…"

VIVAS.

Ele cobriu a boca e observou enquanto, uma a uma, as fantasias se deslocavam bruscamente, desvencilhando-se dos cabides e passeando pelo galpão como se fossem pessoas. Uma delas era azul-turquesa e roxa, lembrando um pavão. Outra era trabalhada com brilhos alaranjados e lantejoulas vermelhas, e fogo. Elas caminhavam como se procurassem algo. Ou alguém.

Quando o som explodiu no galpão, alto e chiado, Katia deu um pulo. Era o samba-enredo, saindo de alguma caixa de som, embora fosse impossível detectar de onde vinha.

"O badalar da meia-noite ilumina
As almas inquietas, confete e purpurina
Confete e purpurina!
O calor dessa fogueira contamina!
Chama vermelha, ô, chama vermeeelhaaa,
Alimenta minha fogueira, fogueira
Faz a avenida aquecer e ferveeeer
Levanta o povo da cadeira!"

Katia precisava encontrar logo seus amigos e dar o fora daquele lugar, que sempre lhe provocara arrepios. "Deve haver alguma explicação lógica", ela pensou, contornando os carros alegóricos, tentando não pisar em poás e pilhas de papel cortado.

Por causa da música alta, ela levou um tempo para ouvir o som de tutututu... que ficava mais alto. Katia parou de andar quando entendeu o que via: uma fileira de mesas montadas com máquinas de costura. Funcionando! Martelavam suas agulhas em tecidos coloridos, que deslizavam para a frente e se embolavam no chão. Tutututu!

Um tipo de pane elétrica? "Ah, vamos, Katia, nem você acredita que isso seja possível." Mas como explicar que tudo havia começado a funcionar?

O que tocou seu ombro era duro. Katia virou o rosto lentamente e deu de cara com um manequim, de pele bege, usando uma fantasia de saia rodada em tons de amarelo e laranja. O rosto sem olhos, sem boca, parecia estranhamente cruel. O manequim se mexeu!

— Não! — ela berrou, ganhando forças suficientes para correr. Não sabia se os amigos a ouviriam com a música que reverberava em seus ossos, mas os pés bateram contra o chão enquanto ela tentava se afastar do nefasto manequim.

"Tudo o que morreu, há de ganhar vida
Sem dor, sem medo, sem ferida!"

"Socorro, é uma maldição!" Katia chorou enquanto corria, ouvindo o estalar dos passos do manequim atrás dela. Ela se embrenhava entre as fantasias, os tecidos dentro de sacos plásticos e os carros alegóricos, com os olhos úmidos. "O samba-enredo é um encantamento!"

Katia tropeçou e sentiu o queixo bater no cimento. Ela se arrastou, ralando cotovelos e rasgando a calça jeans, para debaixo de um carro alegórico. Fechou os olhos e esperou o ataque.

A música continuava:

"O badalar da meia-noite ilumina
As almas inquietas, confete e purpurina
(Confete e purpurina!)
O calor dessa fogueira contamina!"

Em movimentos lentos, ela tirou o celular do bolso, desbloqueou a tela. Cinco minutos para a meia-noite.

"Se tudo já está ganhando vida, o que vai acontecer à meia-noite?"

Jeferson estava trancado dentro do armário da cozinha, onde Katia colocara os produtos de limpeza, ouvindo aquele samba-enredo aterrorizante. As palavras explicavam o que estava acontecendo. Ele tinha certeza do que viu: fantasias e manequins se movendo como pessoas. Pandeiros flutuando e sacudindo, produzindo uma cacofonia insuportável, constantemente subjugada pelo som artificial da gravação. "Tudo aqui está ganhando vida." As máquinas de costura, as fantasias, os instrumentos musicais... O que faltava?

"Ah, não", seu coração afundou no peito. "Os carros alegóricos!"

Marlon engatinhou, saindo da proteção da mesa. Uma mão tocou seu ombro e ele soltou um berro. Era sua prima Aurora, mas o cérebro dele levou um tempo para registrar. Ela estava com os olhos arregalados e um dedo nos lábios:

— *Shh*. Temos que fugir! Vem!

De mãos dadas, eles andaram com cautela. Marlon sentia-se esperançoso perto da prima. Mesmo cansada e revirando os olhos, era Aurora que tornava tolerável a ausência do pai, e embora nunca fosse admitir, ele amava a prima.

— As coisas, elas tavam se mexendo... — ele arriscou, com medo de que ela zoasse com ele.

— Eu vi também.

E foi nesse momento que a música parou, deixando um silêncio mais denso do que cimento. Era meia-noite.

Um rugido se ergueu num crescendo ameaçador, som de metal se retorcendo, raspando no cimento, estalos de plástico se rompendo e o farfalhar de penas e tule. Marlon focou na criatura que se mexia diante dele. O carro alegórico do deus egípcio Rá, semicompleto, mexia-se em espasmos, soltando glitter e alguns parafusos, que cascatearam sobre os dois.

Todos se moviam, carros despertados, possuídos por almas inquietas. Alguns tinham apenas parte do rosto, outros só braços mecânicos.

Aurora estava paralisada, então Marlon deu um puxão em sua mão, e os dois correram.

Jeferson sentiu alívio e gratidão ao ver o irmão e a prima. Um dos carros soltou rajadas de fogo que aqueceram o rosto dele e deixaram cheiro de gasolina. Outros expeliam ar. *Hissss*.

Marlon, Aurora e Jeferson contornaram uma procissão de fantasias e agacharam-se ao passar por baixo do braço de Amaterasu segundos antes de se espatifar contra o concreto. Katia estava parada em meio ao caos.

— O que você tá fazendo? — berrou Aurora. — Vamos!

— Espera, nós temos que parar isso!

— Não dá tempo!

Os carros passaram a rolar, esbarrando uns nos outros e contra a parede, destruindo-se e fazendo chover plástico, papel machê e madeira.

— A gente precisa descobrir o que fazer!

— Prima, ela tem razão. — Jeferson falou. — Se os filmes me ensinaram alguma coisa, é que, para libertar uma alma do sofrimento, precisamos encontrar os ossos.

— Como vamos…

Marlon apontou para cima. Na parede, a escultura. Jeferson soltou um suspiro quando percebeu que era uma caveira *real*.

— E se…?

— Não são os ossos deles que comandam o terror aqui. São os *dele*, o dono da escola. Aquele é o esqueleto dele! Dizem que ele entrou para salvar algumas pessoas quando percebeu que tinha gente na escola… e acabou morrendo também.

— Tudo bem, e como vamos chegar lá em cima?

— Cuidado! — O berro saiu de Katia, e os quatro correram, uma viga de madeira desabando bem no local onde estiveram segundos antes.

— Rápido! — Jeferson pensou no pai. Pensou na mãe. E em Katia, que olhava para ele com expectativa. — Eu faço isso.

Seguiram-se argumentos e berros, mas ele os bloqueou, analisando o zoológico macabro de carros alegóricos. Correu até o mais próximo da parede, uma escultura humanoide e menor do que as outras, e subiu, agarrando-se às costelas de madeira, apoiando o pé na clavícula.

Estava a uns seis metros do chão. O peito ficou gélido de medo ao ver Marlon, Katia e Aurora lá embaixo, tensos. As órbitas pretas do esqueleto pareciam observá-lo, o sorriso debochando da coragem tola dele.

A estrutura gemeu sob seus pés. "Vai desabar, já era." Ele esticou o braço, repuxando seus músculos, mas seus dedos apenas roçaram o ar. Alguns centímetros a mais e ele poderia alcançá-lo. Então o carro pareceu despertar de um cochilo e passou a balançar. Jeferson se agarrou como pôde. Os outros gritavam lá de baixo. O carro se afastou da parede. "Não, eu estava tão perto..." E imediatamente voltou, aproximando-se da caveira.

— Vamos, anda logo!

Eles estavam empurrando o carro! Jeferson esticou o braço de novo. A caveira ficou maior e maior e de repente estava a centímetros dele. Ele a arrancou da parede, derrubando o pandeiro. "Consegui!"

E então ele caiu.

Jeferson abriu os olhos para ver o rosto preocupado de sua mãe, ainda vestindo o uniforme de enfermeira. "Se foi um sonho, por que meu corpo dói?"

— A sua prima me contou tudo. — A mãe se levantou, mas parou por um segundo na porta do quarto e disse: — Seu pai ficaria orgulhoso.

Quando ela se foi, ele viu Katia, Aurora e Marlon sentados no beliche. Sorriam, suados e sujos.

— Acabou, primo. — Aurora sorriu.

— Então aconteceu mesmo?

— Assim que tiramos o esqueleto do galpão, os carros pararam de se mexer. Enterramos os ossos, acho que assim ele encontra a paz.

Katia deu um beijo na testa de Jeferson e murmurou um "meu herói" antes de se retirar. Marlon e Aurora pegaram no sono, e ele ficou olhando para o teto, pensando na noite bizarra.

Quando estava prestes a adormecer, ele ouviu a batida do samba em sua cabeça.

"Chama vermelha, ô, chama vermeeelhaaa..."

Meia-noite na Guerra do Paraguai

Cristhiano Aguiar

Campanha militar da Tríplice Aliança — Guerra do Paraguay — 186...

 Era madrugada quando o trio — dois soldados e um estudante de medicina — partiu do acampamento militar brasileiro.
 Caminharam em silêncio por boa parte da manhã. Havia pouco vento, muito calor. Passado o que seria o horário do almoço, avistaram uma patrulha paraguaia ao longe e se esconderam dentro de uma gruta até o anoitecer.
 À noite, uma ventania gélida, anormal, varria a paisagem. Não queriam correr o risco de acenderem uma fogueira e serem descobertos. Aproveitavam a luminosidade das estrelas, que invadia, discreta, a entrada da gruta. Trêmulos de frio, decidiram, após comer algo, se aproximar um do outro o máximo possível para esquentar o corpo.
 — Por que vossa senhoria se alistou, doutor? — o soldado Candido perguntou em determinado ponto da conversa.

— Pelo puro dever cívico — Jorge, o estudante de medicina, respondeu. — Estamos numa luta da barbárie contra a civilização. Temos um imperador bom, humanista, culto. Amante das ciências e inimigo das mistificações. Um imperador! Não um ditador, como este Solano López.

Candido e seu companheiro, Crocodilo, ficaram chocados. Aquele rapazote estava no inferno porque queria?

— E os senhores?

— Sou militar há algum tempo — Candido respondeu. — Desde que uma mulher me botou uns cornos na cabeça, abandonei tudo e caí no serviço militar. De qualquer jeito, não fazia nada direito. Não aprendi direito nenhum serviço nem ofício. Não tinha emprego... Entrei para o exército e fui ficando...

— Sou forro. Mas matei um homem — Crocodilo respondeu enquanto passava a mão pela cicatriz onde antes ficava sua orelha esquerda. — Era a guerra ou... — Apontou ao seu redor. — Aqui pelo menos a cela é mais larga, não é, Candido?

— Ele mereceu, Crocodilo? — o estudante perguntou, desconfiado. — O seu defunto, ele mereceu?

Crocodilo não respondeu. Encarou o futuro médico: não gostava do mancebo. Mesmo não sendo médico, todos chamavam Jorge de "doutor": os estudantes, devido à necessidade, eram rapidamente promovidos, nos fronts da guerra, a profissionais. Jorge tinha a pele moreno-clara e era franzino. Chegara havia pouco tempo e já queria afrontar hierarquias, peitar os médicos mais velhos, discutir com o comandante. Para Crocodilo, ele andava empinado demais, com arzinho superior. O jovem era, por isso, motivo de piada dos soldados do acampamento.

Jorge ponderou que nenhum daqueles dois tinha sido a primeira opção do comandante. Crocodilo e Candido? Foi o que restou. Crocodilo vivia fechado em seu mundo particular — não desperdiçava palavras. Candido era agitado e nervoso. Crocodilo — ninguém sabia seu nome verdadeiro nem sobrenome — era negro e muito alto. Tinha, além da cicatriz da orelha arrancada, uma segunda, no queixo. Candido, por outro lado, era branco-avermelhado. Cabelos ruivos, sardento, entroncado e baixinho. Parecia um holandês. Jorge vinha da Paraíba; os outros dois, de Pernambuco.

Além das armas, o trio carregava farinha, um pouco de carne-seca, biscoitos vencidos, alguns potes de água. O maior peso ficava para os dois soldados, pois Jorge se recusou a pegar no pesado. O estudante tinha berço, tinha herança de terras. Candido não gostava de como Jorge tratava seu companheiro: desde o início da missão, o doutor se incomodava com a presença de Crocodilo. Tentava lhe dar ordens — nunca obedecidas, é claro. E quando o doutor buscava ajuda de Candido para colocar o homem negro no seu "devido lugar", só recebia como resposta indiferença.

Não é que não convivesse com pretos, Candido pensava, é que esse doutor Jorge não sabia o que fazer com um preto assim, andando de igual com ele. O estudante ficava desnorteado. Com medo, até. Mas não andavam pela mesma vereda? Não era a vereda da morte e do combate?

Aquele trio era a sua própria missão. Um acampamento militar próximo, chamado de Clareira da Lua, tinha solicitado ao comandante profissionais de saúde e um contingente de soldados. Uma diarreia, no entanto, flagelava o acampamento do trio havia dias e o comandante só conseguiu ceder Jorge, Crocodilo e Candido.

"Pensando bem", Jorge agora concluía, "eu também sou, junto com esses dois, o que restou para o comandante enviar..."

O problema, além da diarreia, é que ninguém queria chegar perto de Clareira da Lua. Os boatos que vinham de lá eram estranhos. Relatos de mortes, pestes, desaparecimentos... Candido se arrepiava só de pensar no que tinha ouvido. Se Jorge tivesse perguntado como os dois soldados foram *realmente* convencidos a acompanhá-lo, teria ouvido que o comandante os convencera com uma proposta irrecusável: cumprida a missão, quando voltassem Candido e Crocodilo não precisariam mais dormir ao relento. Poderiam dormir com outros militares dentro de uma das barracas.

E até mesmo teriam um lençol para se cobrir.

Apesar do risco da missão, Jorge estava entusiasmado. E aliviado, embora não o admitisse em público. Abandonavam a típica aglomeração dos acampamentos da guerra — soldados, médicos, padres, mulheres dos soldados, comerciantes vendendo todo tipo de produto a preços absurdos. Para trás ficavam as doenças, o fedor, os piolhos e a diarreia. Uns dias antes, cavando o chão em busca de água, o estudante de medicina tinha achado ossadas em meio à água escura, barrenta. A terra se entupia de mortos, tanto humanos quanto animais. A terra devolvia os presentes indigestos aos visitantes indesejados.

Agora o trio cantava baixinho. Jorge tinha dezenove anos e descobriu, surpreso, que seus companheiros eram só dois anos mais velhos do que ele. Candido e Crocodilo lhe pareciam bem, bem mais velhos. Pareciam ter passado dos trinta, no mínimo. Candido, por sua vez, admirou a pele macia do doutor, a barba ainda bem cuidada, apesar das durezas da viagem do Brasil até o Paraguai. Lábios finos. Unhas sujas, mas bem-feitas. Mãos suaves.

Emocionado, o estudante mostrou uma foto. Senhorita Iaiá, chamava-se. Era sua amada, "filha da fina flor da sociedade paraibana!". Casariam assim que voltasse, vitorioso. Em seguida, o futuro médico decidiu civilizar seus companheiros. Crocodilo o ouviu com algum divertimento. Depois, doutor Jorge sacou um livro da sua mochila, uma antologia de poemas que, explicou, publicava somente "autores pátrios".

Declamou alguns versos.

— Logo mais estaremos nas páginas da história, meus companheiros — arrematou.

— O senhor talvez, doutor Jorge. Eu não sei ler, doutor — Crocodilo disse. — Acho que nunca toquei foi num livro. Então, pra mim, tanto faz. Se eu voltar pro meu roçado, tá bom. E tu, Candido?

O soldado não conseguiu responder: não havia ninguém, no Brasil, à sua espera.

Dentro da noite, Jorge se apavorou com o barulho de asas.

Asas de couro na escuridão.

Ouviu guinchos animalescos, que lembravam morcegos.

O estudante se levantou por instinto. Agarrava, com força, o seu facão. Da entrada da gruta, viu no céu asas gigantescas, não naturais, dançando entre as estrelas.

Em seguida, xingou-se pela estupidez.

Porque algo o percebeu, algo desceu do céu — couro tremendo no vento — e, num rasante, o derrubou no chão. Em seguida, a silhueta, fabricada em trevas densas e oleosas, pousou na entrada do esconderijo do trio. O visitante ficou de cócoras. Os olhos brilhavam e nunca piscavam. Estavam fixos em Jorge.

Ao abrir os olhos, Jorge se perguntou se teria sonhado.

Os outros dois continuavam a dormir. De olhos fechados, Crocodilo e Candido se mexiam, murmuravam, diziam "não, não". Pesadelos, só isso.

Pesadelos.

Após horas de caminhada extenuante — calor e lama; espinhos e insetos peçonhentos; o medo de serem descobertos —, o trio cruzou com dois grupos pela trilha de mato baixo e poucas árvores.

O primeiro grupo era de paraguaios mutilados pela guerra. Faltavam braços, pernas; havia olhos vazados, bocas sem dentes; feridas, perebas, mau cheiro. Imploraram aos brasileiros por comida, água, qualquer coisa.

O segundo grupo era composto de mulheres e crianças. Todas indígenas guaranis. Formavam uma procissão de abandono e farrapos. Ao avistarem os três brasileiros, as mulheres se apavoraram. Os garotos do grupo, o mais velho não passava dos onze anos, balançavam pedaços de pau e gritavam ameaças em sua língua. Quando não percebeu más intenções por parte dos brasileiros, o grupo se tranquilizou. Uma das mulheres, adolescente, falava espanhol. Quando Candido pediu confirmação de direções, ela os alertou de uma maldição.

— Maldição, maldição — ela repetia.

O grupo todo das indígenas se agitou. Deram passos para trás, como se algo terrível envolvesse os brasileiros.

— Foram vocês que jogaram maldição aqui, foram vocês, índios? — Crocodilo perguntou, os olhos arregalados.

— Não — ela respondeu.

A partir daí, nem as crianças, nem as mulheres, disseram mais nada.

À noite, o trio acampou no meio da mata fechada pela qual acabava de entrar. Decidiram compartilhar histórias de Trancoso.

Jorge ouvia com fascínio seus companheiros de farda.

Candido e Crocodilo não paravam de falar de entidades encantadas. De forças de fogo vivo que confundiam os viajantes. Os dois não eram exceção. No acampamento militar, os soldados viviam falando de grupos de fantasmas, homens e mulheres translúcidos, vagando e chorando pelas terras paraguaias logo após as batalhas... Falavam de belas mulheres que afogavam os desavisados no fundo dos rios...

A conversa convenceu Jorge a, assim que o dia raiasse e após dormirem um pouco, compartilhar mais pesquisas científicas com os dois companheiros. Quando retornasse ao Brasil, escreveria uma carta ao imperador — sim, o imperador, por que não? — a fim de sugerir um programa de divulgação científica para retirar o povo brasileiro das trevas da mistificação.

— Tão ouvindo barulho? — Crocodilo sussurrou. — Uns assobio...? Lá na minha terra os índios falavam de um macaco chupador de sangue. Pelo grosso, cor de cobre. Chupa-sangue. Às vezes chamado de Janaí, às vezes chamado de Macaco da Noite. Vai ver, tem aqui também...

— Deixe disso, homem! — Candido sussurrou, apavorado.

— Continue, Crocodilo, continue.

— Como muitos dos Encantado, Janaí gosta de sangue de criança. Mas, se não tiver nenhuma por perto, vai sangue de adulto crescido.

Jorge e Candido não se moviam e mal respiravam.

De repente, Crocodilo sorriu.

— Mas isso é só história que o povo conta mesmo. Vai saber se existe...

Candido não deixou barato. Conhecia outras histórias. Falou de homens e mulheres mortos, mas que se levantavam das suas covas à procura de sangue. Amaldiçoados. Com um único interesse fixo na mente: comer a carne e beber os vivos. Era sempre gente ruim. Que nem Deus, nem o Diabo, queria junto. Gente que fez maldade demais na terra, que matou, que profanou e, por isso, precisava penar.

— Mas isso é, também, como diz meu amigo aqui — e deu um soquinho no ombro de Crocodilo —, só história que o povo conta.

Acordaram no susto, perto do meio-dia. Tinham dormido até muito tarde! Se o comandante estivesse por perto, era castigo corporal na certa, pelo menos para Crocodilo e Candido.

Seguiram viagem. Uma angústia, no entanto, crescia no peito de cada um. Como se barras de uma gaiola, feita de plantas, árvores, grama e terra úmida, estivessem se fechando sobre os três. O clima não ajudava: o sol tinha pedido demissão daquela terra. Trovejava, garoava. Umidade sem fim, lama por todo lado.

Notaram, então, algo estranho.

Onde estavam os viajantes, ou os refugiados? Onde estavam os indígenas? Os bichos?

Ninguém cruzou o caminho deles.

Só havia as árvores cegas, sombrias.

Nem os malditos insetos os molestavam mais. Jorge nunca imaginou que sentiria saudades dos mosquitos.

Chegaram a um "hospital de sangue", que era como se chamavam os postos de tratamento de doentes e feridos da guerra. Aquele se resumia a meia dúzia de casebres tortos com teto de palha. O conjunto era menos um hospital e mais um museu da morte. Por todo lado, corpos. Soldados, médicos, possivelmente prisioneiros paraguaios também. Seus ossos, roídos. Seu sangue, drenado. O trio percebeu, aterrorizado, marcas de dentes na carne em decomposição.

Jorge logo começou a passar mal. Inclinou o corpo e vomitou. Crocodilo não o amparou, apesar dos pedidos do estudante. Apenas o encarava, sem exibir expressão no rosto. Candido, enquanto isso, o estimulava a se recompor — rápido! — a fim de seguirem viagem. Já passava das quatro horas da tarde. Clareira da Lua estava próximo, supunham.

A viagem seguiu até a próxima parada: as ruínas, os restos, de uma aldeia de guaranis. Tudo destruído. Os corpos indígenas, jogados por todo lado, apresentavam aspecto semelhante aos anteriores: pálidos e sem sangue.

— Vamos voltar, vamos voltar — Jorge repetia, em tom de oração.

Era possível ouvir o vento dando voltas e criando redemoinhos no meio da aldeia destroçada.

Finalmente, no cair da tarde, chegaram.

Ao contrário de todos os lugares que tinham encontrado na viagem, ao contrário do próprio acampamento do qual partiram, o acampamento de Clareira da Lua estava limpo e organizado. Bandeiras do Império brasileiro tremulavam por todo lugar. Barracas em estado impecável, montadas a uma distância simétrica umas das outras.

Crocodilo foi o primeiro a notar a ausência de cachorros. Em seguida, perceberam que "todo mundo", toda a gente dos acampamentos, não se encontrava ali.

Onde estavam os soldados brasileiros, uruguaios, argentinos? Onde estavam as mulheres? Nem comerciantes, nem crianças indígenas. Ninguém. Cavalos? Nenhum. Cheiro de comida sendo preparada? Não, nenhuma refeição.

Caminharam até o centro do acampamento, onde viram três troncos grossos, fixados no chão na vertical. O acampamento, de tão silencioso, permitia que o trio ouvisse com nitidez o atrito dos seus calçados no chão, enquanto caminhavam. Algemas e amarras de couro pendiam dos troncos. Jorge e Candido de imediato buscaram perceber alguma reação de Crocodilo — ele, no entanto, não reagiu à cena. A maior parte da sua atenção se voltava ao risco de uma emboscada.

Perceberam indícios de sangue nos troncos.

Olharam para o céu. O último rastro da luz do dia acabava de ser apagado, como num estalar de dedos. As nuvens de chumbo se afastaram e o palco celeste deu espaço para uma lua imensa, alaranjada e cheia de cicatrizes.

Observaram-na em estado de hipnose, semelhantes a mariposas fascinadas pela luz.

Por isso, não notaram quando *Eles* se levantaram.

Eles, os habitantes do acampamento, saíram das barracas mudos e trajados de maneira impecável. Todos usavam uniformes militares. Crocodilo e Candido já seguravam armas de fogo e facões nas mãos (Jorge ainda tentava entender o que acontecia), mas era tarde demais.

Cercados.

Sim, estavam cercados.

Eles os observavam sem emoção no rosto. Seus rostos eram pálidos. Os olhos não piscavam. Pelo contrário, estavam fixos nos soldados.

Jorge reconheceu boa parte deles. Eram brasileiros. Gente de bem. Homens distintos! Militares e/ou frequentadores da corte. Alguns, heróis de guerra famosos. Outros, do círculo pessoal de dom Pedro II.

— Esperávamos o envio de mais carne — um deles falou. Apontou na direção da lua. — Não vamos nos libertar nem tão *cedo*. — E lambeu os beiços.

Aquele que parecia o líder, um general muito importante, do qual até Candido e Crocodilo tinham ouvido falar, abriu a boca e mostrou suas presas afiadas.

Um disparo — Crocodilo, após atirar no corpo de um d'*Eles* e perceber, surpreso, que o ser no qual atirara continuava de pé, foi jogado no chão em um piscar de olhos. Candido foi o próximo a ser derrubado. *Eles* faziam a festa, aglomerados em cima dos dois soldados, que gritaram e gritaram. Até se calarem para sempre.

Jorge chorava. Era para isso que servia ao Império? Seria a *Eles* que o Império servia? Jorge já tinha descoberto a Guerra do Paraguai. Os terrores de uma guerra. Mas acabava de descobrir que existia uma *segunda* guerra, invisível e pior do que a primeira. A guerra oficial era dos homens contra homens. E a guerra invisível, dos homens contra... quem gosta de caçá-los.

— Os deveresssss mais profundossss do Império brasileiro, garoto, são os deveresssss da Meia-Noite... — A voz do líder soava como uma serpente. — Queresssss servir?

Jorge pensou em Iaiá.

Nas terras do engenho do seu pai. Na marmelada que sua mãe servia na infância...

Pensou na pátria, na civilização, na glória.

E respondeu:

— Sim...?

Os outros — sangue pingando do queixo — sorriam. Mas não eram sorrisos de boas-vindas, Jorge logo entendeu.

Era deboche. Brincavam com ele, brincavam com a comida?

Por isso, conformado, já de joelhos no chão, o estudante fechou os olhos.

Que o banquete fosse rápido.

Crianças do mar

Duda Falcão

Theo não chorou. Os olhos da mãe estavam vermelhos e úmidos. As lágrimas da mulher escorriam como os pingos fortes que caíam sobre o guarda-chuva dos presentes. Abraçados, os dois observavam em silêncio a terra sendo jogada por cima do caixão. Receberam os pêsames dos parentes e dos amigos que sentiam tristeza pela perda de Vicente. O homem morrera em um trágico acidente de trabalho, antes de completar quarenta anos. Sofrera uma queda fatal durante a construção de um prédio.

O garoto se dava muito bem com o pai. Costumavam ir juntos ao estádio, conversar sobre filmes e videogames. Theo considerava-o seu melhor companheiro. Contava tudo para ele. Vicente oferecia a atenção que podia para o filho. A mãe também fazia o seu melhor, pois sempre fora amorosa com Theo. Contudo, o adolescente não se abria com ela. Falava muito pouco com Joana. Após a morte do pai, um sentimento de solidão o invadiu como algo que aperta o peito e oprime o coração.

Assim que o sepultamento se encerrou, mãe e filho foram para casa acompanhados de uma tia. Amélia, irmã de Joana, ficou com os dois durante alguns dias para ajudá-los naquele momento difícil. Depois de uma semana, retornou para a cidade onde morava. Nesse período, Theo não quis atender ligações dos colegas da escola e repetia para a tia e para a mãe que estava bem, apesar de aparentar uma espécie de estado catatônico. Perdera o interesse em todas as coisas que gostava de fazer.

Passados alguns dias, Joana parecia ter assimilado melhor o golpe da perda do marido. Por sua vez, Theo não queria voltar para o colégio nem ver outras pessoas. Fitava com o olhar vidrado as paredes do apartamento, ou então algum ponto distante da rua quando ficava na janela. Ele quase não falava, era apenas "sim" ou "não". Mantinha-se monossilábico em todos os diálogos com a mãe.

Joana marcou consulta para os dois com uma psicóloga. E por mais que a profissional tentasse, Theo pouco falou, não se abria, não queria comentar sobre os próprios sentimentos ou sobre a sua vida. A mãe, mais do que preocupada, decidiu tirar uns dias de folga para que se afastassem um pouco do apartamento que em tudo lembrava Vicente. Theo não se opôs, apenas aceitou a sugestão de ir alguns dias para o litoral. Joana alugou uma casinha à beira-mar para que pudessem contemplar o horizonte, a areia, as ondas e as estrelas. Talvez essa terapia funcionasse com o filho.

Pegaram a estrada. Sem pressa e com tudo o que precisavam no porta-malas, partiram. Chegaram a um povoado com uma prainha minúscula e de litoral retilíneo, em menos de duas horas de viagem. Ao avistar a casa, Theo não teceu comentário algum. Joana estacionou e disse que teriam dias tranquilos pela frente.

Ingressando na habitação de alvenaria, a mãe começou a abrir as janelas para dispersar aquele ar de maresia que parecia retido em cada canto, em cada móvel e objeto do lugar. Deixou o sol entrar para renovar o ambiente. A casa não chegava a ser velha, mas precisava de uma nova pintura para ficar mais apresentável. Tinha uma sala confortável com uma porta de vidro de correr, que permitia ver o mar ao centro, e pinheiros e dunas do lado direito e esquerdo. Tinha também uma varanda para descansar em uma rede, um quarto, uma cozinha e um banheiro. Joana dormiria no quarto, e Theo, em um sofá-cama que ficava na sala.

Os dois descarregaram o automóvel e foram caminhar na beira da praia. Descalços, sentiram as ondas geladas tocarem os seus pés. Joana correu da água, Theo não a acompanhou. A mãe o aconselhou a se afastar do mar. Mas ele foi chutando as ondas até que estivesse batendo os dentes de frio. Assim que desistiu daquele congelamento voluntário, decidiu se aproximar de uma casinha de salva-vidas vazia e decadente que avistaram pelo caminho. As tábuas estavam soltas, o teto, furado, e uma das pernas de madeira que a sustentavam, prestes a tombar. Além de representar certo perigo de desabamento, por ser inverno, não tinha ninguém por lá fazendo vigília.

Sem avisar, Theo subiu as escadas podres da casinha. Joana, preocupada, pediu para que ele tivesse atenção. O garoto chegou ao topo e sentou para olhar o mar. Convidou a mãe para que se juntasse a ele. Porém, ela preferiu não subir. As ondas que quebravam na beira da praia eram escuras como se fossem de barro ou de chocolate. Mais para o fundo, as marolas que se formavam eram brancas, embora o mar tivesse um aspecto marrom e sem graça. O reflexo do sol não permitia ver muito mais adiante. Naquele litoral, não havia ilha para observar, nem um grande navio para ver. Parecia não existir nada por ali, somente um oceano deserto e gelado.

Na casinha, um cheiro de peixe podre incomodava o olfato de Theo, e por isso ele decidiu descer. Mas, antes que o fizesse, olhou para o interior do ambiente e viu, pichada com tinta verde, uma advertência: "Cuidado com as crianças do mar". Intrigado, ficou pensando naquela frase e pulou de onde se encontrava. Aterrissou de maneira suave sobre um monte de areia fofa. A mãe o abraçou. Logo em seguida, continuaram a caminhada. Ao longo da praia, a dupla viu algumas aves e nada de pessoas circulando por lá, nem mesmo pescadores. Realmente era uma praia bem deserta, conforme informava o anúncio em um aplicativo de aluguel de imóveis. Decidiram retornar para casa quando a fome apertou.

Joana convidou Theo para fazerem juntos o almoço. Mais uma vez conversaram pouco, e mesmo assim a mãe sentia que de alguma maneira o filho ficaria melhor. Sua intuição dizia que os dois superariam a perda de Vicente mais cedo ou mais tarde. Almoçaram sem se preocupar com horário. Depois lavaram as louças e foram descansar. Joana seguiu para o quarto. Theo pegou uma rede e a instalou na varanda que ficava nos fundos, próxima à porta de vidro de correr da sala. Dali podia ver o mar escuro daquelas paragens. Trouxera um livro, mas, sem vontade de prosseguir com a leitura, deixou-o sobre o colo. Nem nas histórias de aventura de que gostava estava interessado. Ficou de olhos vidrados no movimento das ondas e no horizonte. Suas pálpebras começaram a pesar. Mas ele resistia ao sono, ainda não queria dormir, não queria sonhar, queria apenas deixar sua mente estagnada, parada, presa ali naquele momento, como se fosse um instante e nada mais. Sem passado ou futuro, apenas uma fotografia do presente.

Quando percebeu, a luz do sol já se afastava, a noite começava a despontar com suas primeiras estrelas e a lua aparecia tímida no céu. O fim de tarde deixou Theo mais melancólico. A temperatura baixou alguns graus, e o assobio do vento percorrendo as dunas e a praia se intensificou. O garoto pensou na frase escrita na casinha de salva-vidas e teve a estranha impressão de escutar um coro de vozes infantis. Um lamento que vinha com o vento e com as ondas que quebravam na beira da praia. Theo levou um enorme susto quando sentiu uma mão tocar em seu ombro. Era Joana, que trazia um pedaço de chocolate para ele. Vendo a expressão pálida e as olheiras do filho, que horas antes não se revelavam, perguntou se ele estava bem. O adolescente apenas disse que ela não precisava se preocupar e pegou o doce.

Joana sugeriu que o menino voltasse para o interior da casa, pois ali fora acabaria pegando um resfriado. Perguntou se ele não queria jogar um dos jogos de tabuleiro que tinham trazido. Sem muito entusiasmo, Theo aceitou. Achou que ao menos devia agradá-la pelo esforço que fazia em animá-lo. Depois de um tempo, fizeram um lanche e continuaram jogando até cansar.

Na hora de dormir, Theo abriu o sofá-cama. A mãe foi fechar as venezianas que protegiam a porta de correr de vidro, mas o filho pediu que ela as deixasse abertas, ele queria ver o mar à noite e escutar as ondas. Joana tentou argumentar que ficaria muito frio durante a madrugada, mas ele insistiu. Ela procurou por mais cobertores nos roupeiros da casa e jogou as colchas pesadas que encontrou sobre o sofá-cama, para que Theo pudesse se aquecer. O garoto aceitou.

Enquanto a mãe se dirigia para o quarto, Theo fechou os olhos na escuridão da sala. Dessa vez, não resistiu ao sono e dormiu. Já fazia dias que não sonhava com nada. Naquela noite, porém, ele viu a si mesmo em um barco. A bombordo, podia enxergar o mar agitado por ondas enormes, o céu carregado de nuvens escuras e relâmpagos. Caminhou para a frente da embarcação e enxergou uma carranca de sereia na proa. O balanço das águas o deixou enjoado. Não era possível ver onde ficava a costa, talvez estivesse em alto-mar.

Theo seguiu por estibordo e chegou à popa. Avistou a porta de entrada da cabine aberta balançando. Aproximou-se. Um flash provindo de um potente relâmpago iluminou o interior do compartimento. Junto do trovão ensurdecedor que soou em seguida, crianças aprisionadas gritaram. Seus olhos quase saltavam das órbitas, seus semblantes cadavéricos e as bocas escancaradas pediam ajuda. Mais um relâmpago, mais um trovão. Dessa vez, o raio atingiu o mastro principal da embarcação, partindo-o em dois. A chuva começou a cair torrencialmente, e o barco, a balançar ainda mais. As ondas passavam por cima das bordas laterais, inundando o convés. Theo entrou na cabine. Desejava libertar aquelas crianças, queria ajudá-las de alguma forma. Mas era impossível, não sabia como tirá-las dali. Meninos e meninas choravam. Imploravam para voltar para casa.

Theo sentiu uma presença aterradora se aproximando. Ao se virar, enxergou o vulto de um homem alto. As crianças se encolheram na cabine e Theo também. Mas um relâmpago mostrou a face do monstro. Um homem com olho de vidro, barba rala e poucos dentes na boca os ameaçou. Ordenou que parassem de fazer escândalo. Theo podia sentir o seu bafo de álcool e o cheiro de roupas sujas daquele sujeito.

Um barulho estrondoso assustou as crianças ainda mais. Era o casco do barco que havia se rompido. Águas turvas invadiram a cabine em um turbilhão. Apavoradas, as crianças se agarraram em Theo, enquanto o homem tenebroso, tentando se salvar, afastava-se para o convés. Em poucos segundos a embarcação começou a afundar. Theo engoliu água salgada e, assim como os aprisionados, foi perdendo a consciência.

Então, despertou em busca de ar. Tossiu e vomitou água sobre os cobertores. Sua garganta estava arranhada e ardia. Theo se levantou e foi lavar a boca. Estava com frio. Quando voltou até o sofá-cama, olhou pela porta de vidro de correr da sala. As ondas quebravam na praia, produzindo espumas fosforescentes de um brilho esverdeado. Deviam ser algas, pensou. Contudo, começou a escutar um coro agudo e fantasmagórico. Como se estivesse hipnotizado por vozes que pareciam pedir socorro, ele abriu a porta e caminhou de pés descalços até as águas geladas do balneário. Ondas bravas atingiam a areia pegajosa, carcaças de peixes podres empesteavam o ar, medusas gelatinosas se contorciam sobre o solo e, das profundezas do mar, corpos infantis se ergueram. Vieram se arrastando, avançando bem devagar. Atrás das crianças, uma coisa inchada pela água do mar as instigava para que seguissem na direção de Theo. Um olho de vidro no meio da testa do monstro brilhava azulado, e a boca fétida revelava uma língua comprida e tentacular que lambia o ar feito chicote.

As águas bateram nos tornozelos de Theo. Sua visão começou a rodar e ele caiu de lado na areia, sem perder a consciência. Seus olhos estavam semicerrados, era como se ainda estivesse sonhando. Sentiu pequeninas mãos agarrarem os seus tornozelos. As vozes o convidavam em sussurro para que se juntasse ao grupo. Elas não queriam mais ser resgatadas. Agora amavam o mar. Seriam felizes juntos. Frios e gosmentos, dedos de unhas afiadas começaram a arrastá-lo. A lamúria continuava intensa nos seus ouvidos, invadia a sua cabeça deixando-o enfraquecido, incapaz de reagir. Talvez assim fosse melhor, atingir a inconsciência, encarar a morte, o caminho sem volta que o próprio pai já havia conhecido. Mas e a sua mãe? Como aceitaria mais uma perda? Não podia deixar que ela ficasse só. Não seria justo. Ela não merecia tanta tristeza.

Theo começou a se afogar. Sentiu a água salgada invadindo os seus pulmões. Precisava reagir. Viver. Ele se debateu. Queria se soltar das coisas que o agarravam. Mas não conseguia. Seus braços foram apertados, depois algo o segurou pelo tronco. O vento assobiou em seus ouvidos e bateu em seu rosto. O seu peito foi pressionado com força, mais de uma vez. Sentiu os lábios quentes e a água que invadira os seus pulmões ser expelida. Enquanto tremia de frio, um abraço o esquentou. Theo foi arrastado pela areia da praia e só entendeu mesmo o que estava acontecendo debaixo da água quente do chuveiro elétrico na casa alugada.

Joana percebeu que o filho recuperava os sentidos. Depois de limpar lágrimas do rosto, não conseguiu evitar e perguntou por que ele tinha feito aquilo. Theo não sabia o que dizer; confuso, apenas mencionou um pesadelo. Aquela justificativa não era o que a mãe atordoada esperava. Queria uma resposta concreta, mas não a obteve.

O adolescente, com a ajuda de Joana, conseguiu se levantar e se secar. Depois vestiu um segundo pijama que tinha trazido, pois o primeiro estava imprestável de tanta areia, água do mar e um fedor de podre. A mãe já tinha notado quando o despira, aquilo era horrível. Enquanto ele se aprontava para botar as meias, ela perguntou: "O que aconteceu nas tuas pernas?". Joana se culpava por não ter interpretado melhor a depressão que assolava o filho.

Theo viu as marcas e seu coração quase parou. Eram arranhões. Já estava querendo se convencer de que tudo não passara de um sonho ruim. Mas não podia esconder a verdade de si mesmo. "Foram as crianças do mar, mãe", revelou. Joana suou frio, as coisas estavam piorando. Naquela noite os dois dormiriam no quarto, e no dia seguinte iriam embora, precisava levá-lo o quanto antes a uma psiquiatra. Não tinha dúvidas de que, além de terapia, o filho precisava de algum medicamento capaz de auxiliá-lo contra a depressão. A mulher abriu a porta do banheiro e escutou o vento soprando dentro da casa. Os pelos dos seus braços se arrepiaram. Não tinha tido tempo de fechar as venezianas da sala.

Joana e Theo escutaram correntes se arrastando e sentiram o odor fétido de peixes mortos ocupando o ambiente. A mulher tapou o nariz e a boca para não respirar aquele fedor insuportável. "São elas", disse Theo. Mais uma vez ele escutou o sussurro das crianças em seus ouvidos. A mãe também ouviu. Eram vozes enlouquecedoras. Não saberia explicar com o que se pareciam, mas causavam desconforto e dor. Sem saber se fazia a coisa certa, Joana agiu por instinto, pegou o filho pela mão e correu. Já na sala, evitou olhar diretamente para os visitantes.

Os fugitivos ouviram súplicas para que ficassem. Os pedidos lamuriosos saíam de bocas amolecidas e esponjosas. As crianças fantasmagóricas não lembravam de suas vidas antigas e não queriam mais voltar para suas casas. O mar gelado se tornara um verdadeiro lar com espaço suficiente para abrigar mais moradores. Joana teve tempo de pegar a bolsa sobre a mesa da cozinha e girar a chave na porta da entrada. Mãe e filho saíram atabalhoados. Entraram no carro sem pensar duas vezes e partiram, deixando o lugar sem olhar para trás. As vozes se distanciaram e, após algumas quadras, desapareceram.

Os dias se desenrolaram e aquela experiência incomum aproximou Theo e Joana. Eles passaram a conversar sobre planos, sobre o futuro. Criaram um elo de amizade que não tinham antes. Levantavam todas as manhãs com forças renovadas para enfrentar os desafios cotidianos. Começaram a contar um para o outro o que tinha acontecido na escola e no trabalho. Apoiavam-se de maneira mútua.

Num final de semana, decidiram ir ao cemitério. Caminhando por vielas frias, repletas de lápides, já não sentiam mais o mesmo peso sobre os ombros. Estavam mais leves. Diante do túmulo do pai, Theo finalmente chorou a morte dele. Compreendeu que o amor da sua mãe e a própria vida eram tesouros inestimáveis. Sentia-se pronto para seguir em frente. Os dois deixaram o campo-santo de mãos dadas.

Claire de Lune

Flávia Muniz

Dizem os incrédulos *que as crenças não servem para nada. São apenas histórias para criar esperanças vãs, obediência sem questionamentos. Talvez, sim. Talvez, não. No entanto, é prudente observar as ocorrências da vida com a mente liberta e, quem sabe, surpreender-se ao constatar como a confiança no desconhecido produz efeitos inexplicáveis.*

1.

Era um poço antigo, sem uso, construído no terreno que pertencia à igreja. Durante décadas, servira ao convento como abençoada fonte d'água para saciar a sede das religiosas locais.

Nos tempos de sua fundação, as terras da igreja também acolhiam o bosque ao redor, uma pequena área de cultivo e o cemitério. Reformas ao longo dos anos expandiram a cozinha do convento para incluir o grande forno a lenha.

O poço, contudo, estava além desses limites. Erguia-se no centro de uma clareira cercada de árvores floridas. Porém, a bela paisagem não fora capaz de dissipar os ecos da tragédia ocorrida no passado.

O que diziam, à boca pequena, era que a jovem havia sido atirada ao poço ainda com vida, gritando por clemência. Outros afirmavam que ela mesma havia pulado nas águas escuras para fugir de um cruel malfeitor. Os boatos sussurravam que ela sobrevivera à queda e morte terríveis de maneira sobrenatural.

Entre troca de olhares comentavam que, em noites de luar intenso, podiam-se ouvir terríveis lamentos assombrando o local, pois a garota desaparecera sem deixar vestígios. Fora desse modo que se tornara uma alma perdida!

Corriam rumores de que o poço não secara logo após o ocorrido e, sim, com o passar do tempo. Alguns afirmavam, com certeza em delírio, ter ouvido o fluir das águas ao fundo da cisterna – o improvável sinal de vida de um corpo morto.

Viajantes especulavam sobre a macabra história. Entre um gole de cachaça e uma xícara de café, trocavam detalhes do que já se tornara a lenda local. Talvez o interesse fosse apenas satisfazer uma curiosidade mórbida, como a de observar o limo pastoso que crescia nas reentrâncias das pedras angulosas ou sentir o denso aroma que exalava da terra apodrecida, cujo domínio parecia estender-se ao derredor de modo sinistro.

Visitantes do convento já teriam relatado (ou inventado?) mal-estares de todo tipo ao afirmarem ouvir, das profundezas da cova de pedra, suplicantes pedidos de ajuda em seus nomes!

— Ela vivia! — alarmavam-se.

Por toda a atmosfera sombria que permeava a história do lugar, o local se tornou um ponto macabro de peregrinação visitado por estudantes, pesquisadores do além, folcloristas e por gente sem escrúpulos à procura de emoção barata. Entretanto, ganhou ares de maior assombro após a ocorrência de fato misterioso.

Certa manhã, a vila acordou com uma cruz de madeira fincada diante do poço assombrado. Parecia ter sido plantada ali, pois nela se podia ler, entalhado, um peculiar convite: FAÇA SEU PEDIDO!

Nunca se soube a quem atribuir a autoria do feito. Desconfiaram de meninos e brincadeiras de mau gosto. Apostaram em gente que encarava o mundo como piada. Suspeitaram de adoradores do maligno. Ninguém imaginou que fosse, talvez, um apelo para que mantivessem na memória o ato de injustiça cometido. Para que recordassem do preconceito e julgamento precipitados que levaram à calúnia, perseguição e morte prematura de uma linda jovem inocente. Sim, porque era sabido que a garota fora muito bela. Tomada de jeitos e trejeitos, diziam que havia se deixado iludir pelo mal, e forçada a seduzir algum homem de bem.

— Bruxa! Deve ser atirada ao poço, seu derradeiro berço!

— Inocente! Morte ao homem que a perseguiu!

Como sentinela fúnebre, a cruz permaneceu ecoando controvérsias sem que ousassem retirá-la por respeito à morta, por pesar ou... temor de maldições.

Assim, o poço do convento continuou a atrair visitantes, sobretudo os que acreditavam em atos de magia e encantamento, motivados pela crença de terem secretas vontades atendidas.

2.

Quando o ônibus repleto de estudantes do Ensino Médio parou no pátio do convento naquela manhã, Luana olhou para o céu nublado e sentiu que o clima daquele lugar combinava perfeitamente com o estado de espírito que havia tomado conta de sua vida havia pouco mais de um ano. Era melancólico e depressivo, exatamente como se sentia.

Vários estudantes participavam da Saída Cultural do semestre. Era o frio mês de agosto e o trabalho sugerido pelo professor de produção de texto fora pesquisar a atmosfera de origem de lendas locais e recontá-las, a partir de um detalhe curioso à escolha do observador. Interessante para alguns, mas Luana não estava a fim.

Desanimada, afastou-se do grupo com uma desculpa qualquer. Enquanto suas colegas tagarelavam sem imaginar como se sentia, ela deu a volta no estacionamento até a trilha que levava ao bosque. Caminhou pelo trecho em declive até distanciar-se dos sons, dos risos, das conversas.

— Quanta animação por nada! — sussurrou com desdém.

Jogou a mochila no chão e sentou-se ao pé de uma árvore, observando a paisagem. A linha do horizonte delineava-se entre montanhas e vegetação farta, variada, colorida em muitos tons de verde.

Um bando de pássaros em súbita revoada a fez estremecer. Estava mais frio ali ou era apenas o modo como se sentia? Via-se atuando no filme de sua vida, os fatos passando diante dela como cenas de um filme de terror.

Quanta saudade sentia de seu pai! Contava com ele para todas as dificuldades. E para as alegrias também. Liam os mesmos livros, assistiam séries na TV, andavam de bicicleta aos domingos, ouviam música juntos, Liszt, Chopin... Ele queria ter sido pianista, e Debussy era seu compositor preferido. Recordou-se da melodia que sempre ouviam juntos.

A morte os havia separado.

Conteve as lágrimas. Fingir que ficara tudo bem fora apenas um recurso para não desmoronar e tinha sido útil para salvá-la do caos. Até o momento. Já havia pensado em ir embora de casa, mas o bom senso a impediu. Não iria abandonar a mãe com aquele *intruso*.

Quando o pesadelo tivera início? Ele namorava sua mãe havia pouco mais de um ano e logo se tornara inconveniente e íntimo. Agia de modo grosseiro, aparecia sem avisar, abria gavetas, armários e geladeira longe de qualquer cerimônia e, depois de tomar várias cervejas vendo futebol na TV, dormia estatelado no sofá da sala com a braguilha aberta como se estivesse na própria casa. Ainda bem que era apenas um namorado. Mas ela temia que dali a pouco se mudasse para lá.

Também a olhava de um jeito estranho, e isso a incomodava. Sem contar as inúmeras vezes que puxava uma conversa besta sempre que ficavam a sós. Ou forçava a barra oferecendo-se, sem necessidade, para levá-la ou buscá-la nos lugares, numa insistência absurda, tentando criar um clima *legalzinho* entre eles.

Cara sem educação! Usava o banheiro sem fechar a porta e, em mais de uma ocasião, entrara no quarto dela sem bater, com um sorriso idiota na cara fingindo surpresa ao vê-la quase desnuda. Luana não acreditava nas desculpas que ele dava. Parecia, sim, desejar vê-la em situação constrangedora. Aquele comportamento podia ser um maldito assédio, não podia? Será que sua mãe não desconfiava de nada? Qual era a medida correta de tudo isso, afinal?

"Verdadeiro horror ter um estranho dentro de casa!", concluiu, pesarosa. Desde a morte do pai, Luana sentia-se desprotegida, assim como a mãe. A vida das duas tinha virado de cabeça pra baixo desde que ele se fora. Após algum tempo reclusa, a mãe decidira abandonar o luto e conhecer outras pessoas, por ainda ser jovem, e coisa e tal. Como se a vida não fosse seguir o rumo por si só...

Compreendia que a solidão não era fácil para ninguém, mas sua mãe não precisava eleger aquele completo imbecil como parceiro. Que fosse mais exigente, pelo amor de Deus!

Lembrava-se da sensação ruim que tivera ao conhecê-lo, como se um alerta ressoasse em seu íntimo. E após esse tempo aturando-o, a desconfiança transformara sua vida em um estado de vigília constante. Como tinha interesse por psicologia do comportamento, sabia que algumas expressões faciais e gestos dissimulados podiam ocultar emoções sombrias. E o pior: era preciso ter cuidado com a própria segurança porque muitos homens se tornavam violentos quando confrontados.

Era terrível como a suspeita abalava qualquer relacionamento! Precisava falar com alguém, contar o que a incomodava, buscar informação.

Luana observou o céu cinzento em agonia. Nuvens carregadas vagavam feito sombras malévolas sobre sua cabeça. Aos quinze anos, ela não precisava ser nenhum guru para prever que teriam chuva em breve. E que, dentro de si, uma tempestade estava em formação.

3.

Alguém gritou seu nome. Eram colegas que acenavam para ela voltar. Luana levantou-se, pegou a mochila e correu de volta para o grupo. A visitação iria começar. Os estudantes, animados, seguiram o guia, que iniciou o percurso narrando-lhes a história local.

O convento pertencia ao século passado e resistira aos tempos difíceis com a ajuda da comunidade local e das próprias religiosas, que realizavam todo o trabalho de manutenção, cuidavam da horta e do pomar, faziam pães caseiros para a venda nas missas de domingo e organizavam o grande bazar de Natal, data em que comercializavam enfeites de palha, roupas de crochê, licores suaves e livros de orações.

O prédio era todo feito de pedra, com janelas altas e gradeadas. Havia um salão onde faziam as refeições, uma cozinha espaçosa com forno a lenha onde assavam pão, uma pia de mármore e um grande armário para louças e panelas.

O corredor amplo levava aos aposentos, cerca de trinta quartos simples, apenas com o necessário para a vida reclusa — cama, cadeira, pequeno armário e livro de orações. Na parte central do prédio, uma área aberta com jardim, bancos e fonte enlevava o olhar em meio ao clima opressivo.

— O convento de Santa Emiliana abriga atualmente cerca de vinte mães solteiras. São jovens encaminhadas por famílias das redondezas — o guia explicou. — Também acolhe crianças órfãs ou abandonadas, e viúvas inclinadas à prática espiritual. As freiras, um grupo de senhoras muito ativas, realizam excelente trabalho de amparo — finalizou, encaminhando os estudantes para a capela da igreja.

Após a visita, receberam um folheto que indicava o dia e horário da próxima feira de trocas. O evento tinha por objetivo a troca de artesanato por roupas e objetos em bom estado para uso das internas. Enquanto seguia o grupo, Luana ficou imaginando como seria a vida daquelas pessoas confinadas. Quantas histórias teriam para contar?

— E agora — disse o professor ao lado do guia —, faremos a visita ao local de origem da lenda, seguindo a pesquisa prévia que fizeram.

Então percorreram o gramado até o campo-santo. Luana sentia-se angustiada. Mirou as lápides que se erguiam como testemunhas silentes de suas lembranças de dor. Quando, enfim, os estudantes se aproximaram do poço, o guia empostou a voz e iniciou a contação. Narrada com ênfase, e no local dos pretensos acontecimentos, a história ganhava tom assustador.

— Há muitos anos, vivia na vila uma bela garota, enteada de um fazendeiro local...

Assim, os estudantes reviveram a lenda de *Claire*, que se tornara a aparição que assombrava o poço nas noites de luar. Porém, o relato do guia não esclareceu as reais circunstâncias que levaram a jovem à morte trágica.

Luana sentiu que o momento mais tenso da visita se deu após as palavras finais do guia.

— Meus jovens, todos nós temos desejos secretos. Alguns deles nascem de nossos bons sentimentos: anseios de vitória, de bem-querer, de superar dificuldades, ter sucesso, conquistar alguém especial, tornar-se famoso ou rico. Mas há também sentimentos densos, ocultos em nossos corações, emoções que prosperam na escuridão dentro de nós. São como sombras... Cobiça, inveja e desejos de vingança, de retaliação àqueles que nos fazem mal. Podem ser a expressão de nossa incapacidade de lidar com os obstáculos ou de pretender outro tipo de justiça, sustentada na crença de que ela exista, e que seria mais eficaz que a justiça dos homens. *Cuidado com o que desejarem!* — ele concluiu, elevando a voz. — *Claire* costuma atender a cada pedido feito. Pelo menos, é o que diz a lenda...

Uma garota foi a primeira a se aproximar do poço. Olhou ao fundo, curiosa, em seguida correu de volta ao grupo fazendo cena para as amigas, que de tudo riam.

Seus colegas ensaiavam, desistiam, tiravam fotos. Encorajados pelos demais, chegavam mais perto somente para voltar rindo à toa. Brincavam para disfarçar a tensão.

O professor os incentivava a internalizar a experiência para poderem escrever sobre ela. Esse era o objetivo!

Luana permaneceu ali perto, ponderando.

"Bobagem! Mas será que posso pedir... E se eu quisesse..."

Quando deu por si, percebeu que estava sozinha.

Bem ali. Pensando. Decidindo...

FAÇA SEU PEDIDO.

Luana deu um passo à frente.

A brisa suave agitou seu cabelo como se o acariciasse, incitando-a a prosseguir.

Um passo a mais.

Uma inquietante sensação de euforia invadiu seu peito.

Mais outro!

Ao longe, um bando de pássaros grasnou de forma estridente.

E outro mais.

Notou um leve formigamento em seu braço esquerdo, como se um comando sinistro a obrigasse a avançar.

Adiantou-se, por fim, e parou em frente ao poço.

Sentiu o corpo estremecer.

Seu coração bateu mais rápido diante da escuridão impenetrável, como se encarasse a própria sombra, o imenso negrume que havia dentro dela.

Apoiou as mãos na fria borda de pedra e fechou os olhos, em busca de uma conexão qualquer. A tempestade agitava-se em seu peito.

O gosto acre do medo tingiu seu paladar.

Um desejo.

Apenas um desejo, Claire.
Um desejo feito à garota morta.
Meu desejo é...

Foi então que ouviu um murmúrio que parecia brotar das entranhas da terra. E o soprar do vento a balançar a copa das árvores. E o farfalhar de mil asas, insetos em revoada. E o lamento! Aquele terrível lamento... Alguém chamara seu nome?!

Recuou, assustada, e saiu correndo em direção ao ônibus sem nem olhar para trás, temendo a própria imaginação.

Sentou-se mais à frente no ônibus e permaneceu calada, alegando dor de cabeça. A chuva desabou sobre eles logo que entraram na estrada. Para Luana, a viagem de volta foi repleta de indagações. Estava confusa e também amedrontada pela experiência. Do passeio realizado, guardou o mais completo estranhamento.

Chegando ao colégio, Luana despediu-se rapidamente dos colegas e do professor, que lhe entregou instruções sobre o trabalho a ser concluído para a semana seguinte. Desejou-lhe sorte, sem nem desconfiar dos sentimentos que a dominavam.

Voltou para casa sentindo-se um pouco febril, com a garganta ardendo. Precisava descansar. Precisava dormir. Não desejava falar com ninguém. Só queria o silêncio.

Na semana seguinte, Luana entregou o trabalho sobre a lenda do poço, porém omitiu do relato o misterioso ocorrido. Preferiu não compartilhar os efeitos que algumas histórias podiam causar na imaginação das pessoas...

Porém, a decisão de conversar sobre seu problema pessoal se fortalecera. Assim que o período de provas terminasse, ela buscaria ajuda. Precisava agir e necessitava de apoio, mesmo que ainda se sentisse aflita e constrangida.

No entanto, para sua surpresa, o destino começou a agir antes dela.

4.
Certa noite, sua mãe despertou com o grito angustiado do companheiro. Ele tivera outro pesadelo. O mesmo que o atormentava havia semanas. Sentia opressão no peito, como se alguém estivesse tentando sufocá-lo. Não conseguia mais dormir em paz.

A mãe achou graça no início, mas pouco a pouco foi ficando preocupada. Desconfiava que ele a estivesse traindo, talvez sonhasse com a amante para denunciar a própria culpa. Brigavam direto por causa disso. O clima entre eles piorou. Luana, pasma, ouvia as queixas raivosas da mãe sem saber o que dizer de tudo aquilo.

Com o tempo, o sujeito foi perdendo a vitalidade e até o apetite. Emagreceu, andava pálido e abatido. A mãe de Luana quis levá-lo ao médico, mas ele recusou com veemência. Passou a ausentar-se com frequência e a visitá-las somente aos fins de semana.

Após um mês, a situação se agravou. Ele pediu licença no trabalho e preferiu ficar no próprio apartamento. Não telefonava nem retornava as ligações da namorada. Aflita, ela decidiu ir procurá-lo depois de três dias sem notícias. Pretendia ter uma conversa definitiva e convencê-lo a internar-se em um hospital, fazer exames. Chamou Luana para acompanhá-la, pegou a cópia da chave e saíram apressadas.

Surpresa maior as aguardava.

O apartamento estava com as janelas fechadas, tinha um odor forte e encontrava-se em completa desordem. Louças sujas na pia, abajur caído, cadeiras reviradas, roupas pelo chão. No entanto, não fora invadido. A porta estava trancada por dentro!

Ele foi achado por ambas na própria cama, entre lençóis revoltos e malcheirosos. *Morto*. Um cadáver que trazia no rosto a expressão de puro terror.

Luana ficou lívida.

A um grito da mãe, correu para buscar ajuda. Vieram vizinhos e o zelador.

— Ataque fulminante do coração — informou ao policial o paramédico que atendeu a emergência. — Bem comum entre homens dessa idade.

Em meio a tudo que se seguiu, fato curioso e insuspeito para todos na ocasião não passou despercebido a Luana. Ao entrarem no apartamento, ouvia-se uma melodia tocada em *replay* no aparelho de som do quarto, ao pé da cama. Era uma conhecida composição de Debussy... "Clair de Lune."

O mesmo acalanto que embalara seu sono de criança nas noites mais escuras, e que lhe trazia agora a saudosa lembrança do carinho seguro ao lado de alguém que ela muito amava.

A décima quinta do círculo

Flávia Reis

As unhas do pé eu pinto de preto enquanto aguardo a festa de hoje. Uma parte de mim decidiu ir, a outra não quer sair deste quarto. Aqui estou há quase dois anos, sobrevivendo à base de oxigênio online.

Ouço uma música diferente, que lembra uma canção de ninar feita para acalmar criancinhas. Não há palhaço ou boneca de louça em cadeira de balanço. Há rangidos de inquietação, pensamentos e ideias que aparecem como praga. Dei um nome para isso, um nome feminino: Camilla. Por grande parte do tempo ela tenta me vampirizar.

Minha língua está amarga com o chiclete velho que me esqueço de jogar fora e sigo mastigando. Cuspo o chiclete. Camilla desintegra-o com ácido. Faz surgir um dente no lugar. Um canino com restos de sangue na raiz. Fecho os olhos, abro, nada além do chiclete velho, verde, cuspido.

Olho o espelho: um mix de pensamentos que correm entre o "eu me detesto" e o "eu me amo". Torci para crescer rápido, virar jovem, e agora me arrependo. Uma parte de mim tem quinze, a outra quer... sei lá... virar um corvo, sumir.

Lembro de meu irmão mais novo. Parece tão tranquilo. O mundo dele é leve. Por que a gente quer crescer rápido?

Ele bate na porta do meu quarto:

— Laura, empresta o seu carregador do celular?

— Agora não dá. Tô ocupada!

Ele não insiste. Pela soleira da porta vejo seu vulto se afastar. Molho o pincel no esmalte enquanto Camilla mostra meu irmão, diante de mim: retirando um fio de carregador de celular da barriga. As batidas do meu coração se misturam com a música que toca.

O gato preto me observa e pensa: "Como você é exagerada, Laura...".

— Exagero sim, Web! — Meu gato se chama Web. — Ouça essa música e vai pensar igualzinho. Deixa eu tirar do fone e colocar alto pra você.

"Se quiser mudar o padrão desses pensamentos, comece trocando a música, oras!"

Às vezes, Camilla me deixa em paz e consigo pensar coisas boas. Como na Greta, por exemplo. Ela linda, de shorts, blusa *cropped*. Diferente de mim. O 36 não fecha mais na minha cintura. Finjo que não estou preocupada com isso, mas estou. Por que é tão difícil gostar de si mesmo?

Meus amigos se distanciaram e sinto que me isolei mais. Bate uma mistura de vergonha, de não saber o que falar. Evitei encontrá-los durante esse tempo. Evitei a Greta. Ela mexe comigo de um jeito diferente.

A música que toca me descobre. Fecho o vidro do esmalte e abro o celular, dou de cara com uma *selfie* do Cisco. Seu cabelo *black power* tinge meu humor de amor. Mas, ao mesmo tempo,

A décima quinta do círculo

tinge de "ódio". Já parou para pensar nessa palavra? Sentimento que faz mal. Mas todo mundo fala: "Ai, que ódio, que ódio!", quando algo dá errado e nos tira do sério. Se você abomina, se você sente aversão, se você detesta, isso é o mesmo que odiar. Leio os comentários de notícias: ódio! Não se trata da rixa política entre esquerda e direita. Da corrupção e, principalmente, da desigualdade absurda desse país. Isso tudo me causa muito mais ódio. Eu me refiro agora ao ódio pelo Francisco... Se eu parar de segui-lo nas redes, ele some da minha cabeça?

Quase fiquei com ele em março de 2020, minutos antes de explodir a pandemia. Penso no que a gente podia ter feito e não fez. O "não fez" virou ódio e me incomoda até hoje. Nunca mais nos falamos.

O celular vibra. Mensagem da Mabi (a dona da festa). "Estão se arrumando, meninas? Quero fotos!" Não sei o que responder. Na verdade, eu sei, mas não vou escrever o que estou pensando.

Festa a rigor, com funk-pop-rap-rock-sofrência-sertanejo-valsa, no meio de uma tarde de domingo. A Mabi só pode estar de brincadeira! À noite seria mais fácil de encarar tudo isso! Baile de quinze anos no meio da tarde? Que ideia! Tudo fica mais visível e se enxergam melhor os defeitos.

As meninas estão ansiosas para dançar a coreografia da valsa. Consegui me manter de fora, acompanhando tudo à distância. Não dá. Minha mão transpira, suo frio, só de pensar em sair. Poderia dar vexame.

Aumento o volume antes de a música terminar.[1] Tiro o vestido do armário, penduro na maçaneta da porta, depois abro a

---

[1] A música que toca é esta aqui: Jeff the killer (piano version). "Sweet Dreams Are Made of Screams."

caixa de maquiagem. De dentro das cores das paletas de sombra, brotam besouros. Esfrego os olhos. Droga, na pandemia não é bom coçar os olhos! Os besouros somem.

Camilla poderia ficar quieta neste quarto e não me acompanhar até a festa.

Quando entro no salão, não consigo me ater a nada. Uma recepcionista vem ao meu encontro. Pede o passaporte da vacina. Depois, me entrega uma bolsinha de pano bordada e diz que eu posso guardar minha máscara ali. Isso é estranho: ficar sem máscara num lugar cheio de gente. Sensação de tirar a roupa, sei lá.

Mabi surge deslumbrante em seu vestido magenta. Tem dois sorrisos: o primeiro, superior, com dentes brancos. O segundo, inferior, se faz num colar prateado que usa no pescoço. Tudo vai bem, até Camilla revelar Mabi com uma gengiva inchada, projetando dentes podres. Camilla adora dentes.

A aniversariante vem me encontrar. Fico tensa, mas Mabi retoma seu modo impecável:

— Laura, quanto tempo! Nossa, seu vestido é lindo!

Lindo, sei... Às custas de dois episódios de diarreia, tremedeira nas mãos, enfiei-me num tule curto e rodado, com cinto de paetê, que consegui num brechó.

— Obrigada! Você também está linda, Mabi. Parabéns! — Tento não pensar no seu vestido embebido de sangue, espirrando no meu, prateado.

— Olha quem está ali! — Mabi aponta em direção a Greta, numa roda de colegas, dentro de um preto-acetinado-decote-vê.

Começo a suar frio de novo, deixo Mabi falando sozinha e corro ao banheiro. Sem rodeios, abro a porta de uma das cabines, dou de cara com a privada. Vomito um suco que tomei antes de sair de casa, de tanto minha mãe insistir. Quanto vou suportar este lugar? Tento me acalmar, lavo as mãos na pia. Molho a nuca, faço um bochecho, cuspo a água.

Pelo espelho vejo um vulto. Sai de uma das cabines e cruza para o outro lado. Petrifico. Passa de novo. A coluna gela. Sinto algo perfurar a minha cintura. Um punhal, uma faca? Dor aguda, cortante, embaralha meu cérebro: Camilla.

— Laura?! Laura?! — Greta me chama.

O banheiro calmo. Meu vestido intacto, sem sangue, sem rasgos, nem dor. Vejo o espelho, estou nele, a maquiagem segura, os dentes no lugar, o pescoço limpo.

— Tudo bem? — ela perguntou.

Tento disfarçar com um sorriso, me recompondo da facada invisível.

— Greta, oi! Passei mal... mas agora estou bem! Conte de você!

— Nessa mania de lavar as mãos toda hora. Qualquer movimento e já quero lavar as mãos! Você está pálida, Lau. Tá tudo bem mesmo?

— Perdi o hábito de ver gente! Já tô melhor...

— É um pouco estranho encontrar todo mundo assim de uma vez. As pessoas mudaram. Sinto uma coisa estranha. Sensação de que nada voltará a ser como antes. Como se estivéssemos numa nova vida. As pessoas estão diferentes.

Pensei: será que eu estou diferente? Antes da pandemia não tinha a Camilla na minha vida. Via meus amigos, era mais confiante, até mais magra eu era... Greta parece mais madura, mais viva do que antes. Eu pareço... sei lá, uma alma penada.

— Ainda não consegui reparar em ninguém... Só em você — respondo.

Ela se aproxima de mim e ficamos sem saber como engatar um abraço. Toma minha mão, segura e me diz:

— Você não deixou de ser bonita, pelo contrário, Laura!

Ela está quente e tem cheiro bom, de baunilha. Queria ficar ali, mas entram outras moças no banheiro. Saímos para o salão, onde tudo é aberto.

A sensação é de estar numa festa completamente diferente de quando cheguei. A enorme tenda branca chacoalha mais que o normal. As flores não parecem tão frescas, os cristais não reluzem. A cor do céu muda.

Cisco surge no meio da turma. De terno bege, gravata branca, cabelo *black power*, acompanhado de uma garota tatuada, que já deve ter mais de dezoito. É esquisito vê-lo ao vivo. Uma mistura de curiosidade com decepção. Tudo é diferente no presencial!

Na pista de dança, as meninas fazem uma coreografia. Uma senhora idosa chacoalha, simpática, tentando acompanhar o ritmo. Reparo no Cisco se divertindo com a garota tatuada. Tomo uma taça de água e engulo todos os canapés que me oferecem.

— Vamos dançar? — Greta pega na minha mão e me puxa até a pista.

Reparo nos garçons, começam a fechar as portas de vidro que circundam o espaço. O tempo vai virando, ficando cinza. É fácil entender que choverá logo. Começa a tocar um funk, quando Cisco se aproxima.

— Lauraaa!

— Oi! — eu digo.

Dois anos sem falar com o Francisco e a minha capacidade de comunicação se reduz a um "oi".

— Tudo bem, Cisco? — cumprimenta Greta.

— Feliz por encontrar vocês, depois de todo esse tempo!

Ele me abraça. Está quente. Seu perfume tem um cheiro amadeirado e, ao mesmo tempo, lembra talco. O abraço numa pessoa que a gente vê só por rede social é muito estranho. Sinto sua pulsação, sua umidade. Na tela do celular Cisco é mais seco.

— Quem é essa garota que veio com você? — interrompe Greta, curiosa.

— É a Maria, minha prima de segundo grau.

Cisco olha bem para mim. Sinto que está contente em me ver.

— Vamos combinar de sair para conversar, fazer alguma coisa? O que acha, Laura?

Faço que sim com a cabeça, sorrindo. Só posso sorrir, lógico, e tentar acreditar que tudo isso é verdade. O instante pode se paralisar na pista de dança, transformando as minhas melhores fantasias em realidade: entre a Greta e o Francisco.

No entanto, tudo é interrompido quando a voz do DJ sai pelo alto-falante, anunciando a grande valsa, convidando todas as amigas a fazerem um círculo para receberem a aniversariante.

— Nossa, já?! — comento.

— O tempo está estranho, será que resolveram antecipar? — diz Greta.

— Achei que essa tradição de "valsa" já estivesse extinta! Vocês vão dançar? — pergunta Cisco.

— Não. A Greta e as outras meninas, sim.

A temperatura cai. A ventania aumenta. Algumas pessoas tentam ignorar, mas é impossível. Não sei dizer qual a música que toca sob nuvens densas que parecem dinamites. Passam de estranhas para macabras. A festa, que era à tarde, entra fulminante na noite. A luz acaba. O mundo seria o próximo.

— Tá esquisito, Laura — comenta Greta.

— Não é uma simples tempestade... Será que estas paredes de vidro do salão aguentam?

Cisco checa o celular e vê uma mensagem de alerta da defesa civil. Não há tempo para nenhuma resposta. Uma tempestade de poeira surge. Voam galhos, folhas de árvores, fuligem, terra seca, barro, areia. Tudo se mistura às rajadas fortes do vento.

O brilho da festa é acobertado pelo tempo, como um relógio empoeirado, uma garrafa perdida no deserto. Paetês, cetins, glitters coloridos vão se apagando. As meninas buscam abrigo atrás dos sofás, do balcão do bar, embaixo das mesas. O vento invade em alta velocidade, arrasta pratos, copos, lenços, flores. Cortinas levitam como fantasmas.

Sei que Cisco está próximo, mas não consigo vê-lo. Greta e eu nos agachamos atrás de uma poltrona. Ficamos deitadas, como fetos expostos. As mãos no rosto, protegendo boca, olhos, nariz. Não tenho nenhuma certeza de que isso vai passar.

Entre berros e pedidos de ajuda, alguém começa a rezar. A poeira cobre tudo, menos os gritos. Fico confusa. O celular sem sinal. Não tenho como avisar minha mãe. Penso no meu irmão. Será que estão em casa? Se fosse uma das obras de Camilla, já deveria ter passado! Mas não passa. A tempestade de poeira se revela muito mais poderosa do que ela.

"Será?", Camilla indaga, sussurrando no meu ouvido.

— Não quero morrer! — digo em voz alta.

É assim que me vejo diante de catorze meninas de vestido preto. Formam uma roda no centro do salão. Cada uma segura uma vela que não se apaga, mesmo com todo aquele caos da tempestade. O fenômeno da forte rajada não pode atingir ninguém daquele círculo.

— Não quero morrer! — repito, para ter certeza de que o círculo se manterá como uma redoma, uma forma de abrigo.

Mabi ignora a velocidade da poeira, esperando pelo início do ritual. Do lado dela, Greta, compenetrada, olha a chama da vela, sem piscar. À esquerda, está Maria — a tatuada, prima do Cisco. Na sequência, todas as outras meninas; algumas eu conheço, outras nunca vi. Noto que há um espaço entre duas delas. É o meu lugar. Basta dar dois passos.

Cisco está afastado, observando tudo de longe, mas a poeira o cobre inteiro. Francisco! Ele desaparece se misturando ao deserto. No impulso de me proteger, dou os dois passos para fechar a roda, junto das outras meninas. Sou a décima quinta do círculo.

Escuto o sussurro em meu ouvido:

"Laura, Laura…"

Sinto sua respiração em meu pescoço. Ela coloca a mão nos meus ombros para que eu me vire. A pele fofa, gelada. Só pode ser Camilla.

"Tem certeza, Laura?", outro sussurro.

As meninas do círculo arregalam os olhos. Não ouso me virar. Medo é um fantasma que imobiliza o presente e o futuro. Voltam os sintomas do pânico, com a sensação de que morreria se a visse. Começo a ter dificuldade para respirar.

Do outro lado da roda, Greta me olha fixamente, como se dissesse algo. Tentei interpretar seus pensamentos. Ela faz que sim com a cabeça. "Olhe para trás e acabe logo com isso, Laura."

"Não, Greta, não consigo."

Recupero a respiração que havia perdido. Por alguns instantes, saio do estágio de pânico e migro para um outro, de curiosidade, pois surgem mais catorze pessoas, com os rostos cobertos por uma máscara de osso. Carcaças de cabeça de bode vão entrando no salão, posicionam-se cada uma atrás de uma menina.

Camilla faz de tudo na minha cabeça, no entanto, uma coisa ainda não tinha feito: se revelar em pessoa. Não tenho ideia de como ela é. Teria rosto de bode? Se é assim, deveria ter entrado com o grupo das carrancas, acompanhando a formação para a valsa. Lembro do vulto que vi passar no banheiro. Devia ser ela, claro.

A valsa começa quando todas as catorze meninas se viram, dando de cara com seus pares. Meninas e bodes rodopiam pelo círculo, que não se desfaz. Como não me mexo, empurram-me para o meio da roda.

"Vire-se, Laura... Vamos dançar. Acabe logo com esse sofrimento. Você já me conhece muito bem. Só nunca me viu de verdade."

— Você nunca vai me deixar em paz, Camilla? — Meu coração é uma vertigem, o medo, um contra-ataque. Vontade de correr para longe. Mas, se faço isso, sou atingida pela tempestade e pode ser fatal...

Greta passa por mim, rodopiando com seu bode. Mabi também. Em seguida, Maria. Estão numa espécie de transe, hipnotizadas pelas carrancas. Valsam com leveza.[2] Sinto o calor das chamas e decido apagar a minha vela.

Sopro. O fogo não se apaga. Sopro de novo e nada.

"Vire-se, Laura, olhe para mim!" Ela coloca as mãos na minha cintura. Insiste para que eu gire.

---

[2] A música que toca é composta por Johann B. Strauss II e se chama "Sangue vienense" (1873).

Se o punhal que senti na minha costela, dentro do banheiro, ainda estivesse fincado, Camilla o teria de volta. Decido encará-la. Viro-me. A surpresa vem com ventania.

Seus olhos borrados de lápis preto me miram. As pupilas reluzem. A boca seca não sorri. Camilla tem os cabelos negros, encaracolados, soltos sobre os ombros. O rosto mais humano do que nunca e, justamente por isso, mais cruel. Ela tenta quebrar o silêncio do nosso encontro com um comentário sarcástico:

"Prefere dançar com um bode, Laura?"

Com o bode seria mais fácil. Camilla tem o rosto iluminado pela chama da vela. Parece que saiu de dentro de um espelho craquelado, junto de dor, incômodo que me fere de um jeito que não sei explicar. Tento extrair um fio de voz da garganta para responder a ela. A voz falha. Esqueço-me, afinal, que apenas ela (e mais ninguém) consegue ler meus pensamentos:

"Deveria ter colocado a máscara de bode antes, agora não precisa."

Ela me pega pela cintura e, em instantes, começamos a nossa grande valsa.

Eu, comigo mesma.

A noiva do São João

Márcio Benjamin

Jornal Tribuna do Sertão
Tragédia na Estrada da Morte
24 de junho de 1980

Uma inominável tragédia ofuscou a beleza das fogueiras nas festas do nosso interior. Ontem, no principal cruzamento da conhecida curva da morte, uma caminhonete F-1000 atingiu em cheio o Fusca onde estava a querida família Esteves: seu Sebastião, dona Ana e sua filha Isabela, vindos da tradicional quadrilha organizada pela Paróquia de São Pedro, onde a menina havia sido eleita a noiva.

Os pais encontram-se estáveis, mas ainda internados no Hospital Municipal. Isabela, porém, infelizmente veio a óbito. O motorista da caminhonete, filho de um poderoso fazendeiro da região, foi preso em flagrante, até para evitar que fosse linchado, e aguarda um posicionamento do delegado. O velório da menina será realizado hoje às 18h na Igreja de São Pedro.

Este jornal presta as suas condolências e conta com a presença de todos nesse ato de caridade cristã.

Natal, 23 de junho de 2022

— Gustavo! — chamou seu Alberto.

O menino não conseguia esconder o descontentamento. Na verdade, nem andava muito a fim.

"Não vai mesmo, Guga?", perguntava a mensagem de Tati no aplicativo, seguida de uma carinha triste.

Gustavo suspirou fundo e os dedos seguiram ágeis, guiados pela força do ódio.

"Galera, deu certo não. Vou ter que ir mesmo na minha vó... Foi mal..."

A resposta gerou uma enxurrada de memes, GIFs e áudios que o menino não teve ânimo pra responder.

Num susto, a porta se abre. Era o seu pai. De novo.

— Gustavo, se eu tiver que chamar você mais uma vez, vou-me embora e você fica! — disse o homem, já de malas em punho.

— Por favor, faça isso, é só o que eu quero... — disse o menino, se cobrindo com o lençol.

— A gente já teve essa conversa. Dez minutos! Cuide! — determinou o pai, saindo de vez.

A senhora tinha acordado ainda mais cedo. Já tinha dado de comer às galinhas, colhido os ovos, regado as plantas e começado o terço da novena quando o sol lançou os seus primeiros raios no horizonte, como em tantas outras vezes.

Andava acomodada à dor que lhe arrochava as engrenagens do peito como um relógio antigo.

— Com esse tipo de coisa a gente se acostuma — disse ela suspirando, resignada.

Mas aquele dia não era de sofrimento. Acordou foi com um sorriso no rosto e o coração afogueado: aguardava a visita do neto e do filho. Há quanto tempo não vinham? Nem sabia mais. Aquelas ligações raras, tão afobadas, sempre reclamando do tempo, da esposa, do dinheiro, do país, que andava afundando. E o divórcio. Nada pior para a mãe do que ver o filho sofrer de longe. Pelo menos deixou aquela mulher. Nunca gostou dela. As poucas vezes em que aparecia era como se tivesse nojo de tudo. E aquele olhar. "Gente ruim a gente sente é no olho", ela dizia.

Dona Lurdinha sacudiu os pensamentos maus e se concentrou na chegada do neto, Gustavo. Devia estar um homem. Meu Deus, que presente ainda ter forças para fazer uma das suas boas canjicas, que tanto ele gostava quando era menorzinho.

A buzina do lado da casa lhe trouxe de volta à realidade e descompassou o coração enferrujado.

— Mãe!

E a senhora correu para fora como se mocinha fosse de novo. Saiu tropeçando nas galinhas e espantando o cachorro, quase tão velho quanto ela.

Do carro saiu o filho Alberto, com um sorriso no rosto que não combinava com a tristeza em seus olhos.

Dona Lurdinha não disse nada, apenas o apertou nos braços e o encheu de cheiros. Às vezes é só disso que a gente precisa, sabia?

— E cadê meu netinho? — perguntou, brincalhona.

Gustavo saiu de dentro do carro e lhe exibiu o que podia do sorriso cravado, de dentes burocráticos, educados, enquanto o pai lhe puxava os fones de ouvido.

A avó aproximou-se do neto, afastou-lhe a franja do rosto e lhe beijou a bochecha pálida.

— Meu Deus, meu filho, como você tá grande!

Não deixou, porém, de observar as calças rasgadas.

— E essa roupa? Veio de moto? Ou foi de cavalo?

O pai não conseguiu segurar o riso, deixando Gustavo irritado.

— É *destroyed*, vó, tá na moda... — respondeu o menino, de olhos baixos.

— Voinha tá brincando, entende o que é isso não. Mas chegue, vamos tomar um cafezinho aqui com canjica! Lembra que você adorava canjica quando era des'tamainho?

Gustavo sacudiu a cabeça.

De repente o cachorrinho preto e meio cego lhe pulou nas pernas.

— Duque, meu filho, desça! Não suje os parangolé do menino! Ele só tá se lembrando de você, meu filho, tenha medo não.

Gustavo riu sem graça.

— Vó, qual é o *wi-fi* daqui? — perguntou o menino já puxando o celular, quase sem bateria.

A vó franziu ainda mais a testa enrugada.

— É quem, Gustavo?

— A internet... — disse o menino.

Dona Lurdinha deu uma gaitada gostosa.

— Vixe, meu filho, tem isso aqui no sítio não. Só uma parabólica velha pra assistir minhas missas, as novelas, mas esse negócio de internet...

Gustavo murchou. Dona Lurdinha tentou consertar.

— Aqui tem é coisa muito melhor: muita comida boa, amigos novos pra você conhecer e árvore pra subir!

Alberto interrompeu.

— A sua vó tá certa, Gustavo. Pegue suas coisas e tome um banho porque a gente vai dar uma volta pela cidade. Quero te apresentar a um monte de gente.

— Nossa, mal posso esperar... — respondeu Gustavo com ironia, sob um olhar repressor do pai.

Só quem viveu a experiência de uma cidade de interior ansiosa por um São João sabe da força dessa experiência.

Desde cedo o povo andava agoniado para o começo da festa. A primeira depois do começo da pandemia, o que aumentava ainda mais nas pessoas o desejo de viver, de sair de casa, de ver gente.

O furdunço era geral, as bandeirinhas eram hasteadas, esticadas com carinho, enfeitando todo o centro em um mar multicolorido. Os carrinhos de comida também chegavam cedo em busca do melhor lugar. O cheiro de pipoca e de milho assado já tomava o ar, atiçando o bucho do povo, enquanto o carro de som passava chamando para a festa e divulgando os patrocinadores.

Alberto foi recebido com uma avalanche de abraços, apertos de mão, saudades. Gustavo, de cabeça baixa, por sua vez fazia o que fosse possível para se esquivar dos beijos, dos apertos de bochecha, do carinho torto daquela gente da qual ele nem se lembrava. Tentava a todo custo uma conexão do celular; mas não havia nenhum sinal, era como se ali nunca tivesse havido internet. Precisava dar um jeito de ir embora. Já tinha falado com a sua vó, não tinha? Pois então. Era suficiente, tinha de ser. Essa hora, lá longe, andavam todos os amigos na beira da praia, dançando, se divertindo a valer. Devidamente online, como gente civilizada. E ele ali naquela terra neandertal.

— Pai, eu preciso ir — disse, entre sussurros, Gustavo.

Alberto não ouviu, andava trocando piadas aos berros com um senhor de chapéu, tão velho quanto o cachorro de dona Lurdinha.

— Pai! — berrou o menino, puxando a sua camisa, molhada de suor. — Eu preciso ir embora...

— Sim, Guga, já vamos, a gente ainda tem que se arrumar, comprar algumas coisas...

— Não, Pai, você não entendeu! Eu preciso ir embora daqui! Não tem como ficar nesse fim de mundo!

Gustavo falou alto bem na hora que a música baixou e dona Lurdinha lhe cruzou o olhar. O menino baixou os olhos sentindo o rosto queimar.

— Gustavo, a gente já conversou sobre isso. Eu pensei que você fosse adulto, mas acho que me enganei, né?

Agora o assunto era de todos. Toda a gente que andava próxima acompanhava a resolução do caso.

Gustavo sentiu a raiva lhe subindo no peito. Detestava ser chamado de criança.

— Eu devia era ter ficado com a minha mãe! — disse, enquanto corria sem rumo.

Alberto fez menção de acompanhá-lo, mas foi impedido por dona Lurdinha.

— Deixe o menino, Alberto. Depois eu converso com ele.

— Inferno! Droga de vida!

Gustavo sentia a maldita certeza se instaurar lentamente, como um barco afundando. Era oficial. Estava perdido.

— Alguém! Tem alguém aí? — gritou para o nada, espantando os pássaros.

A corrida acabou na beira de algo parecido com uma mata. E ela era toda igual. Sem o GPS do telefone, não havia como saber onde estava. Apenas um mar de árvores, plantas, grunhidos de animais, barulhos de folhas amassadas. Tremeu ao se lembrar dos *podcasts* que costumava ouvir, em que se contava sobre as tentativas de resgate de pessoas em florestas parecidas com aquela. Poucas tinham bons resultados.

À medida que o âmbar tingia o céu, o menino mais se aperreava. E se nunca mais visse o seu pai? Por que danado inventou de brigar com ele? Sentiu os olhos arderem e se viu chorando.

Perdido.

Para sempre?

— Oi?

Gustavo assustou-se. Andava tão aflito com o sumiço que nem percebeu a menina. Loira, linda. Com um bonito vestido branco, um laço no cabelo.

— Desculpa, não te vi chegar. Meu nome é perdido... digo, Gustavo!

Droga.

A menina sorriu, revelando os dentes e ficando ainda mais linda.

— Tu é do povo de dona Lurdinha, né?

O menino suspirou. Interior, afinal, tinha as suas vantagens.

— Sou sim, graças a Deus, sou sim!

— Você não tá muito longe de casa, não. Siga essa trilha aqui direto — disse, apontando pra uma estradinha de chão cavada no meio do mato. — Vai dar em cheio no sítio.

Gustavo sorriu e só ali lembrou-se de enxugar as lágrimas. Passou as mãos pelo rosto, envergonhado.

— Nossa, muito obrigado, eu...

Mas o menino agradeceu foi para o vento. Já não havia menina nenhuma. Apenas um leve e delicioso cheiro de jasmim.

A volta sã e salva de Gustavo resolveu, a bem dizer, tudo o que precisava ser solucionado.

O menino, assombrado, ao encontrar o sítio, deu de cara com praticamente todo o povoado amontoado na casa de sua avó, pronto para ir em sua busca. E ficou ainda mais envergonhado por estragar a festa.

— Olhe, vocês me desculpem, por favor — disse com um fio de voz, limpando os arranhões do mato e as folhas do rosto.

Mas o menino andava vivo e já não havia mais motivo para confusão. Afinal, era tempo de alegria, não era?

Alguém saiu correndo para um carro próximo e voltou com uma sanfona, trazendo a animação do forró pra dentro de casa, num aceite do pedido de desculpas, enquanto se cantou a trégua com grandes pratos de canjica bem novinha. Se demoraram um pouco até seguirem para a praça.

— Vamos, Guga? — perguntou o pai, já de saída.

— Vai na frente com vó, pai. Chego em seguida, prometo.

— Juízo, hein, menino? — disse seu Alberto, de longe, enquanto seguia com os demais.

— Pode deixar, meu filho. Vai ter olho de vó em cima desse menino — disse dona Lurdinha, enquanto Gustavo lhe sorria.

Em paz como não ficava fazia era tempo, decidiu afinal dar outra chance ao interior.

Mais tarde, sacudindo-se na cadeira de balanço, o menino tentava manter os olhos abertos enquanto alisava Duque. Lá de longe a fumaça das fogueiras e o delicado som do forró convidavam para festejar.

Foi acordado por umas palmas do lado de fora.

— Dona Lurdinha?

Era um pequeno grupo de dois meninos e uma menina, todos arrumados para a festa. Um deles trazia nas costas uma pequena mochila de lona.

— Quedê dona Lurdinha? — perguntou a menina, uma mocinha morena, bem-feita, com desafiadores olhos escuros.

Antes que Gustavo pudesse abrir a boca, sua vó apareceu.

— Boa noite, minha gente! Esse aqui é o meu neto, Gustavo. Chegou da capital faz pouco tempo e andava com uma saudade da mulesta daqui do interior. Por que vocês não vão dar uma volta com ele? Encontramos vocês na festa! — disse dona Lurdinha, já voltando pra dentro da casa.

A menina sorriu.

— Gustavo, é? Eu sou Rosa. Aqui é Rodrigo e esse outro, Cosme. A gente quer te mostrar uma coisa — disse com um sorriso misterioso.

Feliz com a proposta, Gustavo deu o melhor sorriso que conseguiu.

Dentro da mata pela segunda vez, Gustavo acompanhava os passos da turma, ouvindo apenas o chiado do vento e o barulho das folhas. E vendo a lua. Enorme. Atenta.

— Minha gente, sabem que dia é hoje, né? — perguntou um deles de repente.

— Ai, lá vem tu com essas coisas, Cosme! — disse o menor, passando a mão pelos braços finos e arrepiados.

— Pra mim isso é muito da besteira! Coisa de Cosme, que gosta de fazer medo ao povo! — disse a menina, que depois riu.

Gustavo, atento, não conseguiu conter a curiosidade.

— Hoje não é véspera de São João?
Os olhos de Cosme brilharam.
— Sim, e a melhor época pra...
— Contatos espirituais! — completou Gustavo. — Peraí, como você sabe disso?
— Oxe, ouvi num *podcast*! — exclamou Rodrigo, o menor.
— E tem internet aqui? — perguntou Gustavo, surpreso.
— E onde no Brasil não tem internet, menino? Só no sítio de dona Lurdinha mesmo... — disse a menina, debochada.
— E eu fui ficar logo lá... — murmurou Gustavo.
— Gente, é sério — interrompeu Cosme. — O dia é hoje e o tempo é curto. O portal desaparece rapidinho!
— Mas como a gente vai fazer isso, Cosme? — insistiu Gustavo.
O menino esperava por essa pergunta. Abriu a mochila e de lá tirou um copo, uma vela, um isqueiro, um alfabeto talhado em descansos para copo. E desdobrou uma toalha de mesa, de plástico.
— Peguei tudo da budega de pai e escrevi atrás. A toalha é de mãe. Tomara que ela não dê conta.
Gustavo arrepiou-se. Já tinha tido a sua cota de emoção nessa viagem.
— Gente, vão dar por nossa falta. Não é melhor a gente fazer isso outro dia?
— Ih, parece que o *boy* da capital tá com medo? — insinuou a menina, rindo, acompanhada pelos demais.
Gustavo fechou a cara e se sentou bem no centro da clareira que eles alcançaram no meio da mata.
Cosme abriu a toalha no chão e, em cima dela, espalhou as letras em círculo. Ao redor do copo virado, bem no centro. Depois acendeu a vela com o isqueiro.

Os meninos aproximaram os dedos indicadores do fundo do copo.

Para falar com o espírito, sabiam, era necessário um porta-voz. E seria Cosme.

As regras eram claras e conhecidas por todos: respeitem o espírito, não joguem sozinhos. E nunca, nunca, convidem a assombração para sair do círculo.

Após a oração de praxe, as perguntas seriam respondidas.

"Tem alguém aí?"

O copo estava parado. Ao redor, só os barulhos da noite acobertando o grupo. Não havia vento, o que facilitava manter a chama da vela. Mas… seria bom?

De repente um leve som de algo raspando. Ao redor?

Não, mais abaixo.

O copo.

— Pare com isso, Cosme! — pediu Rodrigo, já com lágrimas nos olhos.

— Eu não tô fazendo nada não! — disse Cosme com honestidade.

"Sim."

— Ai, meu Deus, que massa! — disse a menina com um sorriso. — Pergunte mais!

"Quem é você?"

Dessa vez o copo se moveu quase como uma malcriação, arrastando-se com uma rapidez assustadora a cada letra.

Era possível aquilo?

"Me casei aqui", o copo saltava de uma letra para outra, "há muito tempo. E hoje vou levar comigo… o meu noivo."

A menina gritou.

— Calma, Rosa, não tire os dedos do copo! Ninguém tire os dedos do copo! — gritou Cosme.

— Pessoal, a gente precisa mandar ela embora! — disse Rosa, preocupada.

E novamente o copo se mexeu.

"Noivo. Hoje eu levo meu noivo. Comigo."

— Não, eu preciso sair daqui! Deus me perdoe! — disse Rodrigo, puxando o dedo num solavanco.

— Rodrigo, não! — gritou Cosme.

Mas o círculo foi quebrado. Em um assombro, o jasmim invadiu novamente a clareira onde estavam os meninos. E como se sempre tivesse estado ali, a noiva surgiu. Mas não como uma mulher feita, daquelas de fim de novela, mas uma mocinha, talvez um pouco mais velha do que Gustavo. A menina que tinha lhe indicado o caminho. Mas estava diferente. O vestido andava roto, rasgado, manchas escuras de sangue molhavam sua saia, e a sua cabeça andava repartida, com o que havia dentro espalhado pra fora.

Rosa tremia do pé à ponta, a boca aberta em um grito que não tinha para onde sair rezava por um arrependimento atrasado por demais. Um remorso que já não adiantava nada.

E agora?

Rodrigo sequer conseguiu se levantar. E ironicamente não conseguia fechar os olhos, não conseguia perder de vista aquela aparição que lhe tomava a frente e preenchia o juízo enquanto a massa acinzentada escorria pelo pescoço da menina.

Mas como era possível?

O menino sentiu um calor úmido na calça assim que a menina cruzou os olhos com os seus.

Não havia nada ali.

Cosme tentava pensar, precisava fazer alguma coisa. A culpa foi dele, a ideia foi dele. Ele que abriu o portal, precisava salvar os seus amigos. "Pense, Cosme! Pense!"

A menos que…

Sim! Era uma chance… Precisava tentar.

"Neto?", disse a menina, olhando pra Gustavo.

O menino não conseguia respirar. Um sonho ruim, muito ruim, em que não era chamado pelo nome, mas sabia que era com ele. Mas um nome tão comum. Onde tinha ouvido?

— Você… você precisa ir embora — sussurrou o menino da cidade com a coragem que lhe restava.

"Não, Neto. Você precisa vir embora. A gente casou, lembra não? Para sempre. Você prometeu…"

— Não, eu não prom…

E Gustavo sentiu o corpo todo se arrepiar quando a menina se aproximou rapidamente dele, flutuando por cima da mata. Fazendo-o sentir o seu toque frio e olhar bem dentro dos seus olhos vazios, separados ao lado de uma cabeça repartida. E já não havia mais cheiro de flores, senão de carne.

"Venha comigo, Neto. Eu e você. Para sempre!"

O menino fechou os olhos e pensou no seu pai, na sua avó. Na sua mãe. Foi quando um grito alto, desesperado, rasgou o céu daquela noite tão clara.

Ouviu-se um estrondo aterrador seguido de um clarão negro, fedorento, podre como enxofre.

No centro da clareira, apenas um rosário fumaçava.

— Plano B. De terço Bento! — disse Cosme, ofegante.

O caminho de volta para a festa foi feito todo em silêncio. A noite andava bem escura, mas já não havia espaço para medo dentro dos corações.

Aqueles já não eram mais crianças. O segredo, que nunca deveria ser contado a ninguém, os unia mais do que qualquer outra coisa. O portal para o outro lado fora aberto e o mundo do lado de cá nunca mais seria o mesmo. Se andava agora realmente fechado era o que nenhum dali sabia responder.

— Cosme?

Foi Rodrigo que falou, em um sussurro.

— Você acha que ela foi embora? De vez?

Com os olhos rasos d'água, o menino colocou os braços em volta do ombro do amigo, como se pudesse também abraçar a si.

— Eu espero que sim, Rodrigo. Espero mesmo que sim.

Alguns dias se passaram.

— Ei, menino da cidade, tu sabe dançar forró?

Era Rosa, lhe tirando para dançar bem ali, no meio de todo mundo.

A festa andava bonita. Cercada de gente satisfeita, livre. Gustavo suspirou fundo e aceitou o convite. Rosa fez o que pôde, mas o danado era uma desgraça no forró. Dois pés esquerdos cultivados naquelas casas sem quintal ou liberdade. Aproveitaram para sentar próximos à fogueira.

Desacostumado, Gustavo sentia os olhos arderem. De repente a menina apontou pro céu.

— Olha ali, Gustavo, estrelas cadentes! Faça um pedido.

Cheio de coragem, Gustavo fechou os olhos e se aproximou dela num beijo. O seu primeiro.

— Tá calado, Guga, o que foi? — perguntou o pai, com malícia.

O menino apenas sorriu um riso meio besta, encostado no vidro da janela do carro, já a caminho de casa. Agora também traria lembranças. Algumas boas, outras terríveis.

O pai, que tinha ouvido a história do beijo, deixou Gustavo quieto. Viver o interior era diferente, muito diferente. Sabia que as coisas seriam outras para ele. Agora com amigos e talvez uma paquera, seria mais fácil visitar a avó.

— Pai, pare aí quando puder. Eu tô apertado.

— Opa, eu também!

Desceram os dois e começaram a fazer xixi enquanto admiravam a serra tão longínqua, que arrodeava a cidade.

Até que Gustavo percebeu que estavam próximos de uma cruz, dessas de beira de estrada.

E arrepiou-se ao identificar uma fotografia. Uma menina nova, vestida de noiva, muito bonita.

— Isabela... — disse o pai.

— Você a conhece? — perguntou.

— Vamos embora, Guga.

Entraram no carro ainda calados, mas o menino não aguentaria. Com o coração espocando no peito, como os fogos da festa da véspera, perguntou mais uma vez.

— Você conheceu aquela menina, pai?

O pai suspirou fundo.

— A gente namorou... eu tinha a sua idade. Ela morreu. Em um acidente de carro. Bem aqui nessa curva, onde está a cruz.

Gustavo não conseguia conter a respiração pesada.

— A gente se casou, sabia? Numa festa de São João...

Gustavo arregalou os olhos e as lembranças vieram firmes, definitivas.

"Ninguém tire os dedos do copo!"

Apertou com força o estofado do carro, sentindo o suor lhe molhar os dedos quando se lembrou.

Neto!

Alberto Neto.

O seu pai.

E viu pelo retrovisor, no banco de trás, a noiva que lhe estendia um buquê.

Cheirando a jasmim.

Ana e a Outra

Nathália Xavier Thomaz

Ana encarou o teto, irritada. Já passava das duas e nada de pegar no sono. Não conseguia desacelerar. Durante o dia, a programação apertada mantinha sua mente ocupada, mas, à noite, os pensamentos vagavam. Começou com uma lembrança boba, do idiota do Pedro falando que o dia 3 de novembro estava chegando e propondo um bolão para adivinhar a classificação. O simulado vinha logo antes das provas *de verdade*. Era o momento de descobrir se existiam ou não chances de aprovação no vestibular. Ana queria medicina e precisava mirar alto para garantir algum resultado. Por isso, ver Pedro mencionar a data de forma tão leviana e propor apostas a indignava. Ela podia perder tudo naquela prova.

Talvez Ana fosse a única que realmente tinha com o que se preocupar. Afinal, Marcela já ajudava a mãe no consultório e tinha praticamente começado odonto, Davi era megadisciplinado, tudo era fácil pra Júlia porque a maldita aprendia rápido, e Pedro era obviamente o mais inteligente da classe. Mesmo que as notas de Ana às vezes superassem as dele, ela sabia a verdade.

De nada adiantava estudar depois da aula, fazer resumos e escrever redações. Nada fazia diferença, porque Ana era incapaz de absorver o conteúdo. As notas eram boas por pura sorte, em provas que não tinham valor. Era um enorme vazio e, durante a madrugada, esse vazio fazia eco. Como passar em medicina assim? Já estava acostumada a parecer inteligente e enganar os pais, colegas e professores. Mas como enganar o vestibular?

O coração de Ana disparou e ela se sentou na cama. Estava calor demais naquela madrugada, não ia adiantar nada ficar rolando entre os lençóis. Levantou-se com cuidado para não acordar o irmão, que roncava esparramado na cama ao lado, pegou o notebook na escrivaninha e foi para o escritório. Fechou a porta, acomodou-se na mesa e acendeu apenas a luminária. Ela seria o suficiente para permitir a leitura sem chamar a atenção.

Parou por um segundo para observar o escritório do pai. À meia-luz, a poltrona confortável no canto da sala, os enfeites elegantes, a foto da família sorridente, os livros na estante. Poderia muito bem ser um consultório, tinha até uma parede perfeita para pendurar diplomas. Ana se imaginava usando um jaleco, falando para um paciente à sua frente:

— Então, seu Rodrigues, o que te traz aqui?

Envergonhou-se quando percebeu que falou em voz alta e ligou o note. Precisava focar. Decidiu começar por química. A matéria não era difícil, mas precisava de treino. Acessou um dos fóruns que costumava frequentar e começou a procurar exercícios. As atividades que encontrava nessas comunidades ofereciam muito mais desafio do que as bobagens que ela encontrava no material da escola.

Selecionou três listas de exercícios e começou a trabalhar neles. O silêncio da madrugada normalmente ajudava na concentração, mas hoje estava difícil. Sua mente se perdia em pensamentos no meio das questões e era forçada a começar de novo. Quando terminou, o relógio marcava três e meia. Patético. Se demorasse desse jeito no vestibular, não conseguiria nem terminar a prova. Ana abriu o gabarito e começou a conferir as respostas: certo, certo, certo, errado, certo, errado, errado... O estômago embrulhou-se e ela interrompeu a conferência. Tinha conferido sete questões e já tinha três erradas! E justo essas! Era óbvio que não estava preparada. E o simulado da semana seguinte ia escancarar isso para a escola inteira.

Conteve as lágrimas. Logo seria de manhã e precisava render. Mais de uma hora havia se passado, tinha estudado só uma matéria e fracassado. As mãos começaram a suar, o coração batia pesado no peito, a respiração ficou difícil. Precisava de mais, precisava *ser* mais do que era. Ana tentava encher os pulmões, puxava o ar, mas sua respiração estava curta, como se não houvesse espaço. Percebeu que tremia e lutou para se acalmar, o surto a fazia perder tempo. Voltou a atenção para o fórum, buscando uma lista de exercícios de física sem focar direito na tela. Física era a matéria favorita de Júlia. Como a amiga conseguia ir tão bem na escola? Lembrou-se de um dia em que se encontraram no banheiro antes de uma prova. Ana daquele mesmo jeito, lutando para empurrar o ar para dentro de si, e Júlia retocando a maquiagem no espelho. Achou-a ridícula na ocasião, tagarelando sem parar sobre a festa da noite anterior. Ela dava aquela risada alta, enquanto contava todas as situações engraçadas que Ana, que ficou em casa para estudar, perdeu. Júlia só tinha olhos para sua própria imagem no espelho, mas, de forma inédita, dessa vez desviou o olhar do reflexo para encarar a amiga e perguntar por que ela não tinha ido à festa. "Cólica", Ana respondeu rapidamente, tentando encurtar o assunto e evitar o discurso sobre o quanto era neurótica demais e precisava curtir a vida. Não adiantou, o conselho não solicitado veio do mesmo jeito. Júlia fez questão de contar que também tinha problemas com a TPM, mas uma ginecologista maravilhosa tinha receitado um medicamento que ajudava a fazer a cólica desaparecer logo no comecinho. "Às vezes, um remedinho ajuda", disse Júlia. Ana suspirou. Quem dera existisse algum remédio que pudesse ajudá-la, que a deixasse mais inteligente, capaz de organizar conhecimentos e fazer associações. Quem dera existisse uma droga que fizesse com que o dia de prova fosse só mais um dia.

Na verdade, lembrava agora, aquele psiquiatra — que visitou depois que a psicóloga desistiu de tratá-la — chegou a mencionar algo do tipo. No fim, ele receitou uma porcaria para controlar a ansiedade que só a deixou mais lenta. Talvez pudesse encontrar por conta própria algum remédio que a ajudasse de verdade. Abriu o navegador e começou as buscas. Adorava fazer pesquisa, e procurar um remédio para si mesma era quase uma atividade prática de medicina! Perdeu-se em bulas, sites de medicina e psiquiatria, blogs e posts em redes sociais. As primeiras descobertas não foram muito úteis: remédios caros e vendidos apenas com receita médica ou ilegalmente. Não se deixou abalar e continuou a pesquisa, agora em fóruns. Era neles que encontrava os melhores exercícios e tutoriais, além de serem ótimos espaços para trocar ideias. Não seria diferente no caso do remédio. Depois de alguma busca, encontrou um fórum bem legal, frequentado tanto por pessoas interessadas em "turbinar" o próprio desempenho quanto por médicos e farmacêuticos que ofereciam orientações. Ana achou estranho usarem a palavra "turbinar", mas acostumou-se. Encontrou uma parte específica para *smart drugs*, ou nootrópicos, como eram chamados os remédios que queria. Mas não tinha mais tempo para explorar; precisava voltar para a cama e fingir que estava dormindo. Resolveu postar sobre o seu caso. Em quinze minutos, redigiu um texto simpático que elogiava o fórum, explicava a situação e pedia indicações. Voltou para o quarto, devolveu o note para a escrivaninha e fingiu que dormia. O despertador tocou cinco minutos depois.

Durante a aula, Ana não conseguiu evitar de conferir o celular de tempos em tempos. Algumas respostas surgiram no post do fórum, com indicações que já estavam na lista, mas ela não estava satisfeita. Depois do intervalo, recebeu uma mensagem privada. Normalmente, Ana ignoraria o celular até o final da aula, mas estava ansiosa demais.

Boa tarde, Ana Clara.

Vi seu post. Meu nome é Eduardo Haide, trabalho no Department of Biological Chemistry and Molecular Pharmacology de Oxford. Estamos desenvolvendo um manipulado à base de fenilpiracetam, com compostos novos. Ele tem mostrado resultados animadores e acho que pode te ajudar.

Ainda estamos organizando os resultados parciais, mas constatamos que os voluntários têm apresentado melhora na cognição, além de otimização na atenção, memória, raciocínio e até mesmo capacidade física. Se houver interesse, podemos agendar uma call para combinar os detalhes. Aguardo seu retorno.

*Atenciosamente,
E. H.*

Ana marcou a ligação para as duas da tarde, quando a casa estaria vazia, e correu para lá assim que o sinal bateu. A conversa com Eduardo foi mais simples do que imaginava. Ela fez questão de abrir a câmera para mostrar seu rosto maquiado e tentar convencer o interlocutor que era maior de idade, mas Eduardo não pareceu preocupado com esse detalhe. Nem se deu ao trabalho de ligar a própria câmera. Pediu apenas que contasse sobre seu histórico de saúde, explicou como seria o experimento e solicitou o endereço para enviar os remédios.

— Aninha! Chegou uma caixa pra você! — A mãe nem tinha terminado de gritar do pé da escada e a filha já corria para pegar o pacote. — Logo não vão caber mais livros nessa casa.

Ana nem se deu ao trabalho de responder. A caixa não tinha nenhuma identificação, como Eduardo avisou que seria. Rasgou o papelão, ansiosa, e encontrou um frasco grande e um pote largo.

Não perdeu tempo. Seguindo as instruções, buscou meio copo de água e uma colher de chá. Abriu o frasco de vidro e usou o conta-gotas da tampa para pingar cinco gotas do líquido vermelho na água. Em seguida, pegou uma colher generosa do pó fino e branco do pote e colocou na mistura, que mais parecia um daqueles sucos artificiais de morango. Eduardo tinha sido muito claro sobre a importância de misturar os dois componentes só na hora de beber. Aos poucos, o líquido ficou mais claro e brilhante. Diante de seus olhos, o composto efervesceu, mudou de cor para um roxo-escuro e desbotou devagar até virar um tom pálido de verde. Aquele era o ponto perfeito descrito pelo pesquisador. Bebeu tudo num só gole. Tinha um gosto amargo, nem bom nem ruim. Eduardo havia avisado que os efeitos poderiam demorar para aparecer, então ela escondeu o frasco no armário e voltou a estudar.

No meio da madrugada, Ana acordou com a mente acelerada. Não perdeu tempo e foi para o escritório: só podia ser o remédio funcionando. Achou o ambiente escuro, mesmo depois de acender a luminária. História era uma das matérias de que menos gostava, e revisar o conteúdo antes da prova poderia ajudar. Abriu o livro e, quando começou a se aprofundar na leitura, teve a impressão de ver um vulto passar no corredor. Levantou a cabeça, esperando ver a mãe sonolenta, mas só viu escuridão. Estranho, sentia que alguém a observava. Respirou fundo. Sua mente já estava mudando. O livro de história parecia fácil, quase bobo. Talvez fosse melhor tentar algo mais desafiador. Pegou o livro de física para fazer alguns exercícios que a professora passaria na próxima semana e se debruçou sobre ele.

De novo, o vulto, agora atrás dela.

Dessa vez, a sensação foi tão forte que Ana levantou e acendeu a luz. Argumentaria com a mãe, se precisasse, mas ficar naquela escuridão não estava ajudando. Voltou para a leitura, sem medo agora, mas ainda espiando por trás dos ombros de tempos em tempos.

Quando os pais acordaram, de manhã, já estava pronta para ir para a escola. Durante a madrugada tinha conseguido revisar tudo o que achou que precisava e descobriu que, de alguma forma, o conteúdo já estava em sua mente.

Na escola, cumprimentou os amigos, animada. Pedro estava recolhendo as apostas do bolão, e Ana fez questão de participar, apostando em si mesma para o primeiro lugar. Davi riu, achando que aquele show de autoconfiança era ironia, mas logo percebeu que não era e disfarçou.

— Pedro, também põe meus cincão na Ana! Se ela tá acreditando, eu também tô!

A atitude de Davi a irritou, mas não quis se dar ao trabalho de tirar satisfações. Preferia aguardar o início da prova ouvindo Júlia falar sobre um *podcast* novo que tinha descoberto.

Enquanto respondia às perguntas, Ana voltou a perceber alguma movimentação. Às vezes achava que o fiscal havia passado por ela, ou estava parado ao seu lado, mas não via ninguém quando se virava para olhar. Aos poucos, conseguiu voltar a atenção para as questões. Lia, fazia os cálculos se necessário e respondia em seguida. Quando chegou às perguntas mais difíceis, os cochichos começaram a incomodá-la. "Pra que colar num simulado?", pensava consigo, até perceber que os sussurros eram para ela. Sempre que encontrava uma questão mais complexa, uma voz levantava possibilidades de resposta baixinho, dentro de sua cabeça.

No decorrer da prova, aquela presença se tornou reconfortante. Ana foi deixando de apenas escutá-la para debater algumas considerações e até fazer perguntas, em um diálogo interno que foi se tornando cada vez mais familiar. A voz, que no começo era distante e sussurrada, tornou-se mais clara e próxima. Ana percebeu que se tratava de uma variação mais firme e grave de sua própria voz. Parecer focada com tanto acontecendo em sua mente não era fácil, mas discutir consigo mesma era incrível! Descobrir quanto conteúdo realmente tinha em seu cérebro e raciocinar com uma companhia capaz de fazer contrapontos tornava tudo muito mais fácil.

Saiu da prova tranquila. Talvez não tivesse acertado tudo, mas sabia que tinha — literalmente — dado o melhor de si. A sensação se confirmou quando conferiu o gabarito: tinha acertado 164 das 180 questões. Tomaria o remédio todos os dias a partir de agora.

Quando saiu a classificação, foi conferir as colocações com os amigos: lá estava ela em primeiro lugar, com certa margem de distância de Davi, no segundo lugar, e Júlia, no terceiro. De repente, sentiu-se estranha e correu para o banheiro. Fechou a porta atrás de si, sentou-se no vaso sanitário e ficou ali, com a respiração acelerada e a mão na boca. O banheiro estava vazio e ela não conseguiu segurar por muito tempo: uma gargalhada descontrolada saiu de sua garganta. A risada era diferente da sua, mais alta e agressiva e, apesar do descontrole, Ana sentiu um alívio por finalmente soltá-la, o que aos poucos se converteu em desespero, pois não conseguia parar.

— Foi só um simulado, Pedro. Não precisa ficar assim. Não vale nada!

O susto com a voz estridente rompendo o silêncio da madrugada foi tão grande que Ana pulou da cama, acreditando por um momento que tinha alguém no quarto. Então percebeu que era apenas a voz, dentro dela, que imitava Júlia. Os dias seguidos tomando o remédio ajudaram Ana a se acostumar com aquela presença e a impressão de ser observada.

Não havia mais aquela sensação do começo, de que algo estava à espreita. Era mais como se alguém zelasse por ela. E os comentários da voz se tornaram tão espirituosos e cheios de personalidade que Ana criou um nome para ela: Outra.

— Você viu que ridícula? Só porque *ela* não foi tão bem, diz que o simulado não é nada.

Sentou-se na cama tentando se acalmar. Foi impressionante como a voz da Outra soou alta dessa vez. Respondeu baixinho:

— Ela só tava tentando consolar o Pedro...

— Pedro? Aff, esse é outro! Não chegou nem na nota de corte e fica choramingando em vez de estudar.

— Vai mandar áudio no inferno, Ana — Matheus resmungou.

Não ia dar certo conversar ali no quarto. Calçou os chinelos e foi para o escritório.

— Deve ter ficado nervoso, nunca vi o Pedro pontuar tão baixo. Acho que na prova mesmo vai bem...

— Vai nada — respondeu a Outra por cima dela. — Não sei nem como você não reparou antes... É óbvio que aquele lá nunca vai dar conta de ser médico.

— Você acha? Acho ele superinteligente...

— Aham, sempre repetindo o que você já falou e fingindo que é conclusão dele.

Ana fechou a porta atrás de si e se sentou na cadeira macia de couro, acendendo a luminária. Nunca tinha reparado, mas aquela lâmpada iluminava muito mal. Não podia imaginar como conseguia ler por tanto tempo naquele breu.

De repente, Ana arregalou os olhos e ficou incapaz de continuar a conversa. Se deu conta de que não era a única presença no escritório. Uma silhueta estava sentada na poltrona à sua frente, e Ana soube logo que era a Outra, que agora tinha forma. Ela era feita de sombras, mas Ana conseguia identificar a própria camisola, o contorno do cabelo, os próprios pés em cima da mesa. A Outra encolheu os ombros, lendo a expressão nos olhos de Ana.

— É normal, relaxa. É só seu cérebro tentando lidar com a atividade intensa.

— A-ah... nossa... tá... É que é meio bizarro...

— Logo você se acostuma, seu cérebro precisa compartimentar o excesso de informações. É legal, dá pra fazer duas coisas ao mesmo tempo, agora. Posso fazer aquele trabalho de história enquanto você assiste a séries, sacou?

— Certo...

Ela realmente se acostumou. A Outra nunca aparecia durante o dia, mas às vezes Ana conseguia distinguir seus olhos brilhantes na sombra atrás da porta, em um canto escuro do corredor ou embaixo da arquibancada. Quando isso acontecia, trocavam piscadelas ou sorrisos cúmplices.

O fracasso não fazia mais parte da vida de Ana. Acompanhava as principais notícias, era um destaque durante as aulas, tinha sempre algo a dizer sobre as séries atuais e impressionou até mesmo no futebol, no qual, até então, vivia no banco de reservas. No entanto, nem todos se sentiam contentes com o maravilhoso desempenho de Ana. Apesar dos inúmeros elogios, os olhares de Júlia oscilavam entre admiração e inveja, Marcela era claramente incapaz de acompanhar a rapidez de seu raciocínio e Pedro parecia temê-la. Mas foi quando Davi a chamou para ir ao cinema e tentou beijá-la que Ana percebeu como aquelas pessoas a estavam distraindo do objetivo. Empurrou Davi para longe com um "não" seco e foi para casa. Lá estava sua melhor companhia.

* * *

Na manhã do dia 27 de novembro, a mãe de Ana levantou-se para tomar café da manhã, mas alguma coisa a fez parar por um momento antes de descer as escadas. Permaneceu estática até entender que a sombra se movimentando na sala era Ana.

— Aninha, a prova não é só às duas da tarde?

— É sim. Mas tenho umas coisas pra fazer antes.

— Tomou café? — Deu um sorriso amigável apesar da tensão que ainda sentia.

— Não. Como depois. Tchau!

A mãe ficou sem o beijo matinal de despedida. Pelo jeito, a chegada da primeira fase do vestibular tinha mexido com a cabeça da filha de uma forma inesperada. Ana parecia livre de qualquer tensão e tinha um sorriso no rosto que a mãe queria achar encantador e tranquilo, mas não achou.

O sorriso continuou no rosto de Ana depois de trancar a porta de casa. Como a mãe não tinha notado? Como não reparou que o corpo de sua filha agora era feito de sombras? Suas mãos, seu rosto, todos os fios de cabelo? Como não notara a diferença em seus olhos? Ali dentro, Ana tentava gritar, chorar, pedir ajuda, mas nada a obedecia. Tomar o dobro da dose na noite anterior pareceu importante para garantir um desempenho na prova, mas segundos depois de beber o líquido esverdeado ela soube que não era. Não sentiu dor... na verdade, não sentiu nada, e era esse o problema. No momento do último gole, nada mais foi sentido. Nem o gosto amargo do remédio, nem o copo em suas mãos, nem a ansiedade da prova. Nada. Mas seu corpo parecia sentir algo, porque ela ria baixinho. A noite foi longa, presa dentro de si, observando a Outra planejar algo cujo horror só elas conheciam. A caminho da prova, a Outra Ana riu ao desbloquear o celular usando o reconhecimento facial. Selecionou o contato de Eduardo e digitou:

Mais uma vez o tratamento foi um sucesso. Aguardo as próximas instruções.

Ana lamentou não ter abraçado mais os amigos antes que tudo acabasse.

A casa

R. F. Lucchetti

Creio que jamais conseguirei apagar da minha memória aquela morada. Frequentemente, eu a vejo. Não em sonhos, mas em plena posse da consciência. Era uma grande casa assobradada, com varanda nos dois pavimentos, e pintada de marrom. Um verdadeiro bosque a circundava.

Sempre que me recordo dela, tenho a impressão de poder ouvir o ruído da chuva, sentir o cheiro de terra molhada... e ver o rosto! Aquele rosto... eu também nunca o esquecerei! Peço a Deus que não permita que, em nenhum momento de minha vida, eu volte a encontrar alguém com a mesma expressão. Minha esposa, Beatriz, que chamo carinhosamente de Bia, nada sabe a esse respeito. Eu não tive coragem de contar a ela.

Bia espirrou, depois indagou:
— Onde estamos, Rodrigo?
Toda vez que Bia fala o meu nome por inteiro é porque ela está zangada comigo ou porque algo a está deixando con-

trariada. Quando as coisas estão bem entre nós e não há nada a aborrecendo, ela me chama de Rod.

— Não faço nem ideia — respondi. — Acho que o GPS nos deu uma informação errada e, agora, estamos perdidos.

Passavam alguns minutos das quatro horas da tarde. Porém, as nuvens carregadas faziam parecer que já era noite.

Bia espirrou mais uma vez.

— Você está pegando friagem — eu falei. — Vou parar na primeira casa que encontrar e pedir pousada por esta noite.

— Para que parar na casa de desconhecidos? — minha mulher inquiriu. — Não podemos estar tão distantes assim do sítio dos meus pais. Faz quase sete horas que saímos do Rio. E, pelos meus cálculos, a viagem duraria seis horas e meia.

— É como eu disse: nós nos perdemos, devido ao GPS.

— Já estou arrependida de termos vindo de carro.

Um raio caiu a poucos metros de nós, incendiando uma árvore. O clarão e o fogo iluminaram um caminho que desembocava na beira do acostamento. Manobrei o carro, que enveredou por aquele caminho.

— Que está fazendo? — quis saber Bia.

— Possivelmente, deve haver uma casa no final deste caminho — foi a minha resposta.

Nesse instante, a chuva teve início. Relâmpagos riscavam o céu, e trovões ribombavam.

Uns dois minutos mais tarde, pudemos distinguir os contornos de um sobrado, um edifício espectral.

— Eu não falei? — perguntei, à guisa de afirmação.

— Espero que nos recebam — retrucou minha mulher.

— É lógico que irão nos receber. Essas pessoas do interior costumam ser muito hospitaleiras. Você vai ver: irão nos oferecer biscoitos feitos em casa e um café quentinho!

— Pois, para mim, o lugar parece completamente deserto.

Parei o carro diante do sobrado. Bia e eu saímos do veículo, deixando Toga dormindo no banco de trás. A seguir, subimos os dois degraus de uma escada de mármore, atravessamos a varanda e estacamos diante de uma maciça porta de mogno, com uma aldrava de bronze dependurada. Bati, por duas vezes, com a aldrava na porta. O som era surdo e estranho. Tornei a bater. Ninguém apareceu. Então, segurei a maçaneta e girei-a. Ouviu-se um leve rangido, e a porta abriu-se ligeiramente. Abri a porta um pouco mais e, dando um passo à frente, indaguei:

— Há alguém aí?

Não houve resposta.

— Acho que não há ninguém — declarei. — Estou certo de que seus donos são pessoas gentis que não se importarão se passarmos a noite aqui.

— Hummm... Se você diz — falou Bia.

— Pode confiar. Agora, vamos dar uma olhada por aí.

Levamos pouco tempo para inspecionar todos os aposentos daquele andar da casa. Havia uma sala de visitas na frente e outra nos fundos. Ambas eram mobiliadas com móveis antigos e grossos tapetes. Ao lado da sala nos fundos, havia um grande quarto, no centro do qual se via uma enorme cama de casal com dossel.

Após vistoriarmos o aposento, atravessamos um largo corredor e chegamos a uma espaçosa cozinha. Beatriz foi logo abrindo os armários e a geladeira.

— Não vamos passar fome! — exclamou ela, sorrindo. — Há comida para mais de um mês! Temos ovos, linguiça, presunto, queijo, leite, café, pão de forma, comida enlatada... Tudo isso abriu meu apetite. Vou preparar algo para comermos.

Olhei de relance para a sala de jantar, contígua à cozinha. Minha esposa acompanhou o meu olhar e observou:

— Vamos comer aqui mesmo, na cozinha. Mas, primeiro, vá apanhar a nossa mala e traga Toga. Aposto que ela gostará de sair do carro.

Quando deixei a cozinha, Bia estava acendendo o fogão. Eu começava a pensar que não agíamos corretamente, ao entrarmos numa casa que não era nossa e cujos donos sequer conhecíamos.

A chuva havia cessado, mas o céu continuava carregado.

Abri a porta de trás do automóvel para pegar uma das malas e Toga. A gatinha não fez nenhuma objeção que eu a segurasse, até que chegamos à entrada do sobrado. Então, retorceu-se e, como um rato, pulou para cima de uma das pilastras da varanda. Todo o pelo do seu corpo encontrava-se eriçado, seus olhos resplandeciam, e um débil miado lhe escapou da garganta. Coloquei a mala no chão e puxei a gatinha pela cauda. Contudo, ela parecia determinada a ficar ali, na pilastra. Foi com certo esforço que consegui lhe vencer a teimosia. E, uns dois minutos mais tarde, entrei na casa com a gata e a mala, e dirigi-me para o dormitório.

Vinda da cozinha, Beatriz surgiu no corredor.

— Vou vestir algo mais confortável — anunciou ela. — Jantaremos em seguida. — Ao ver a mala, fez uma cara de desaprovação e disse: — Você trouxe a mala errada, Rodrigo. Nessa daí estão os presentes para os meus pais.

Procurando não demonstrar minha contrariedade, retornei ao carro, apanhei a mala com nossas roupas e deixei ali aquela com os presentes. A seguir, voltei para a casa e, antes de subir os degraus de mármore, olhei para o alto e vi assomar a uma das janelas do segundo andar um rosto. Era um rosto de homem. Ele tinha uma expressão terrível.

Paralisado, deixei a mala cair numa poça d'água e, depois, apanhei-a. Ao voltar a olhar para o segundo andar do sobrado, o rosto já havia desaparecido.

Entrei na casa. Resolvi não falar nada para Beatriz do que eu tinha visto. E minha mulher falava tanto a respeito da sorte que havíamos tido em achar aquela residência para passarmos a noite que nem notou a minha palidez.

Terminamos de jantar.

Durante a refeição, Toga não apareceu. Isso era estranho, uma vez que, às refeições, nossa gatinha tinha o hábito de ficar dando voltas aos nossos pés, aguardando seu quinhão. Beatriz não se preocupou, alegando que certamente Toga estava à cata de algum rato. E, a fim de não deixar minha esposa preocupada, nada comentei sobre o inusitado comportamento do animal na varanda.

Bia derramou um pouco de leite num pires e deixou-o num canto da cozinha. Somente então nos retiramos para o quarto. Havíamos decidido permanecer toda a noite ali. Ambas as salas de visitas pareciam demasiadamente lúgubres e tristes.

Embora a cama me tivesse parecido boa quando a havia visto pela primeira vez, eu duvidava que conseguiria conciliar o sono.

Por sua vez, Bia mostrava-se alegre, falando o tempo todo, enquanto escovava os cabelos e se aprontava para deitar. No momento em que se deitava, notou que eu ainda me achava vestido.

— Você não vem dormir? — perguntou. — Pensei que estivesse cansado. Dirigiu o dia todo.

— É claro que vou — respondi. — Mas, antes, quero ver se Toga já bebeu o leite.

Fui até a cozinha. O leite ainda estava no pires. Intacto. E nem sinal da gata. Retornei ao corredor e, ao deparar-me com a escada, estaquei e fiquei atento, olhando para cima. Nem o menor ruído se fazia ouvir. As sombras da noite começavam a dominar a casa, entrando por um grande vitral no alto da escada, no andar superior.

Entrei no quarto, fechei a porta e dei a volta na chave.

— Por que está fazendo isso? — indagou Bia. — Por que está trancando a porta?

— Por precaução — foi a minha resposta.

Aquele rosto à janela não me saía da mente. Tirei a roupa e vesti o pijama, porque, se não o fizesse, Beatriz certamente iria estranhar. Deitei-me. Minha intenção era ficar acordado. Porém, fui vencido pelo cansaço e pelo sono.

Não sei dizer quanto tempo dormi. Mas despertei com uma espécie de sufoco. O quarto parecia cheio de fumaça. A princípio, imaginei que a casa estivesse em chamas. Porém, logo percebi que aquela fumaça era diferente. Era brilhante e iluminava o aposento. Vinha se aproximando cada vez mais do leito, e no centro dela distingui o mesmo rosto que tinha visto à janela. Levantei-me de um salto. Beatriz despertou e inquiriu:

— Que foi, querido?

— Não foi nada — retruquei. — Tive um pesadelo...

— Coitadinho. Foi o estresse da viagem. Agora, volte para a cama.

Fiz o que minha mulher sugeriu. Ela se aconchegou a mim e adormeceu no mesmo instante.

Liguei o abajur que havia na mesa de cabeceira do meu lado e permaneci acordado, atento e esperando que algo acontecesse a qualquer momento. A fumaça, aquele rosto... Que significariam?

Subitamente, eu vi. Em pé, ao lado do leito, lá estava: um homem alto, vestido de preto. Fez-me recordar velhos retratos de fazendeiros. Eu o podia ver distintamente e, embora ele estivesse olhando para mim com uma expressão infinitamente triste, eu o sentia tranquilo. Imaginando que fosse o proprietário da casa, desculpei-me:

— Perdão, senhor. Creio que estamos em sua cama. Pensamos que ninguém se importaria se ficássemos aqui esta noite. Chovia muito e estávamos cansados. Terei o máximo prazer em lhe pagar o que achar necessário, por qualquer transtorno que tenhamos causado. Mas, se quiser, podemos ir embora agora mesmo...

Entretanto, o homem nada disse. Apenas permanecia em pé, fitando-me intensamente.

Beatriz acordou outra vez e perguntou:

— Que há, Rod, está falando dormindo?

Eu não sabia o que responder, com o homem ali ao meu lado. Então, sua figura se desvaneceu.

— Veja se dorme, querido — recomendou Bia. — De manhã, você precisará estar bem-disposto.

Permaneci quieto durante alguns minutos. Beatriz voltara a dormir. Isso podia-se perceber pela sua respiração. Eu estava prestes a seguir seu exemplo, quando, repentinamente, vi que o homem voltava. Não, não era ele. Era outro homem. Este era mais baixo e mais pesado. Havia uma expressão de escárnio em seu rosto, como se estivesse zombando de mim. Aquela expressão começou a transformar-se em raiva. A cada segundo que passava, o homem parecia ficar com mais cólera. Agora, seu rosto contorcia-se de ódio; e seus olhos passaram a refletir um brilho homicida. E eu conhecia aquele rosto. Era o mesmo rosto que eu havia visto à janela. O homem aproximava-se cada vez mais, com os dedos ossudos e crispados. Saltei do leito.

— Rodrigo! — gritou Beatriz.

O rosto havia se desvanecido na minha frente. Fiquei tremendo, com as faces alagadas pelo suor. Bia começou a acalmar-me, mas não me recordo de nenhuma palavra do que ela disse. Tudo o que eu podia ouvir eram os passos no corredor. Eles iam, vagarosos e firmes, em direção à escada. Quando atingiram o andar superior, ouvi o ruído de um disparo e a queda no assoalho de alguma coisa pesada. O som ressoou no silêncio em que a casa se achava mergulhada. Beatriz continuava a falar. Ela não percebera o que estava acontecendo? Não ouvira o disparo? Então, imaginei que era melhor que Bia não soubesse de nada. E, apesar de todos esses acontecimentos, ainda consegui dormir. Quando despertei, o sol inundava o quarto e minha esposa encontrava-se na cozinha, preparando o café. Eu me sentia descansado e ao mesmo tempo extremamente envergonhado. Talvez Beatriz estivesse certa e tudo não tivesse passado de fruto da minha imaginação, em virtude do cansaço da viagem. Mesmo pensando assim, não me atrevi a subir ao segundo andar para investigar. Ninguém sabe o que eu poderia encontrar lá.

Bia e eu tomamos o café e decidimos retomar a viagem. Minha mulher estava com saudades dos pais. Fazia quase seis meses que eles haviam se mudado. Desde então, ela nunca mais os tinha visto.

Deixamos a casa.

Toga encontrava-se junto ao carro, limpando-se. Não posso imaginar como ela havia conseguido sair da casa. Talvez por alguma janela aberta.

* * *

Em um posto de gasolina, a poucos quilômetros de distância do sobrado, eu conversava com o frentista. Era um sujeito muito sociável. Não parava de falar enquanto limpava o para-brisa. Beatriz e Toga davam umas voltas pelo posto, admirando os canteiros de flores, cuidadosamente cultivados.

— Você sabe quem habita aquela casa marrom? — perguntei de repente.

— Como? — indagou o frentista. — Creio não conhecer a casa a que está se referindo.

— É um sobrado grande e triste — informei. — Tem varandas superiores e inferiores. E um bosque o circunda. Fica no fim de uma passagem de carro. Mas não se pode vê-lo devido às árvores a seu redor.

O frentista parou o que estava fazendo e, fitando-me com ar intrigado, disse que na verdade eu estava descrevendo a mansão de Guilherme Serrado. Segundo ele, um homem de grande cultura. O oposto do beberrão Renato Cunha, que era seu vizinho mais próximo e desejava casar-se com sua filha. Guilherme, é claro, se opunha ao casamento. Então, certa noite, Renato entrou na casa e assassinou Guilherme com um tiro. Depois, sob circunstâncias que nunca foram esclarecidas, o sobrado pegou fogo. Renato não conseguiu sair e acabou morrendo no incêndio. A residência ficou inteiramente destruída. Isso ocorreu há uns vinte anos. Traumatizada, a filha de Guilherme, que, por sorte, não se achava no local no momento da tragédia, mudou-se e nunca mais retornou. Desde então, o sobrado está em ruínas.

— Bem, nesse caso, eu devo ter me confundido — disse a ele. — Porque a casa que eu vi não estava em ruínas.

— Quer que eu verifique o óleo também? — quis saber o frentista, mudando de assunto.

— Sim, por favor...

Eu não havia me confundido. O sobrado em que Bia e eu passamos a noite era mesmo a casa que por muitos anos fora o lar de Guilherme Serrado. Mas como posso explicar isso, se esse sobrado há muito foi destruído? E como pude ver Guilherme e seu assassino? São perguntas para as quais eu, com certeza, nunca irei encontrar uma resposta...

Explorando mundos paralelos

Conto: que mundo é esse?

Um conto é uma narrativa de extensão curta. As origens desse formato são antigas: as histórias populares que foram transmitidas de geração em geração de forma oral. Ao longo dos séculos, essas histórias se transformaram em literatura escrita, a exemplo das narrativas maravilhosas do *Livro das mil e uma noites*.

A seguir, surgem textos com animais falantes e que transmitem uma moral. Alguns exemplos são as fábulas do francês La Fontaine — uma famosa é "A Lebre e a Tartaruga". Charles Perrault, outro francês, também ficou conhecido pelo tratamento literário que deu aos chamados contos de fadas, como "O Gato de Botas" e "Chapeuzinho Vermelho". Desde o início, o medo marcou presença nesse universo: embora sejam narrativas maravilhosas, elas costumam ter a função de transmitir aprendizados. Monstros e outros perigos sempre se apresentam, ajudando a cumprir esse objetivo.

A partir do século XIX, as coisas mudam. Surge nessa época o principal nome dos contos de horror: o estadunidense Edgar Allan Poe. Além de ter criado narrativas curtas de arrepiar, Poe também escreveu *sobre* escrever histórias. Em um texto chamado "A filosofia da composição", o autor reflete a respeito da duração de uma obra literária, que não podia ser muito longa, ou a atenção de quem lê se perderia. E isso em 1846! No mesmo texto, Poe fala sobre o efeito que uma história deve causar na leitora e no leitor. Como veremos a seguir, esse pensamento foi fundamental para as histórias de horror.

Agora, veja o que essas narrativas breves precisam ter na sua forma clássica:

- Início: as personagens são apresentadas e temos um vislumbre do que acontecerá na história;
- Desenvolvimento: acompanhamos as aventuras dessas personagens, com direito a perigos e descobertas;
- Clímax: é o momento mais intenso, em que as personagens podem tomar posições, fazer mudanças ou se deparar com algo inesperado;
- Desfecho: é a despedida desse mundo ficcional, com algum ensinamento crítico da leitura, ou uma descoberta nova, que podem estimular a vontade de ler outra história.

> Dentro do horror, o conto é uma forma muito utilizada. Além de Edgar Allan Poe, outros grandes nomes do gênero escreveram narrativas breves, como o estadunidense H. P. Lovecraft, o britânico Clive Barker e a argentina Mariana Enriquez. As formas narrativas mais extensas que o conto são a noveleta (7 mil a 17 mil palavras), a novela (17 mil a 40 mil palavras) e o romance (mais de 40 mil palavras). Para exemplificar, neste livro, a narrativa "A noiva do São João", de Márcio Benjamin, tem 3.508 palavras.

De onde vêm as histórias de horror?

É difícil apontar uma origem exata para as narrativas arrepiantes. Se pensarmos bem, existem monstros, fantasmas e outras ameaças em textos antiquíssimos, como n'*A Ilíada* (século VIII a.C.) ou mesmo na Bíblia. Nesses casos, os elementos assustadores tinham finalidades específicas: exaltar uma personagem, eternizar as glórias de um povo, propagar uma crença religiosa, entre outras. Mesmo os contos de fadas também tinham suas doses de assombro — e o intuito era transmitir lições.

Tudo muda com *O castelo de Otranto* (1764), do britânico Horace Walpole, considerado o primeiro romance gótico de todos os tempos. Ao contar uma história cheia de elementos sobrenaturais em pleno século do Iluminismo, Walpole fez imenso sucesso e inspirou ficcionistas. Essa nova vertente literária se caracterizava pelos espaços assombrados, pela presença fantasmagórica do passado e pelas monstruosidades. Diferentemente dos textos antigos, as histórias góticas colocavam o arrepio em primeiro plano.

A onda inicial do gótico perdeu força no século xix, mas gerações seguintes de autoras e autores continuaram usando elementos dessas histórias para ampliar as possibilidades do arrepio. A inglesa Mary Shelley utilizou a monstruosidade para questionar os limites da ciência em *Frankenstein*. Edgar Allan Poe contou histórias de casas assombradas como "A queda da Casa de Usher". E o irlandês Bram Stoker explorou os perigos de um passado que não morre em *Drácula*.

A partir do século xx, o horror se estabeleceu como gênero. A principal característica dessas histórias vem do próprio nome: horror, do latim *orrere*, que significa "estremecer", "arrepiar-se". Isto é, uma história de horror é aquela que tem a finalidade de produzir o estremecimento, o arrepio. E ela é toda construída em torno desse objetivo, incorporando elementos góticos, mas também expandindo possibilidades.

Hoje, o universo do horror é tão amplo que inclui vários subgêneros, como:

- horror sobrenatural: histórias em que as ameaças não podem ser explicadas pela ciência ou por leis naturais;
- horror psicológico: histórias que mergulham na subjetividade de personagens, mostrando seus universos complexos;
- *folk horror* ou horror rural: histórias que se passam em cenários rurais e isolados, e que tratam de ameaças antigas, geralmente ligadas à natureza.

O Brasil tem uma rica tradição no gênero de horror. No entanto, por muito tempo ela foi pouco conhecida, e só mais recentemente passou a ganhar notoriedade. A verdade é que, desde 1855, quando o paulista Álvares de Azevedo publica *Noite na taverna*, autoras e autores nacionais vêm produzindo obras sinistras de grande valor literário. Machado de Assis, Graciliano Ramos e Lygia Fagundes Telles, por exemplo, escreveram narrativas arrepiantes.

História de horror ou de terror? A confusão é antiga! Para Ann Radcliffe, importante nome da literatura gótica, o terror (do latim *terroris*, "alarme", "pânico") seria o efeito extraído de um elemento assombroso posicionado a uma distância apropriada de nós; e o horror, ao contrário, é aquilo que está imediatamente à nossa frente. Aqui, optamos por utilizar "horror" no sentido mais amplo, porque entendemos que o próprio nome (*orrere*, "arrepiar") inclui um número maior de emoções e sensações correlatas — entre elas, o "alarme" do terror.

Explorando os mundos da antologia

Você tem em mãos oito contos de arrepiar. Foram escritos por autoras e autores de diferentes partes do Brasil, e as temáticas são variadas. Fantasmas, vampiros, zumbis e outros monstros assustadores povoam as páginas deste livro.

Mas não é só arrepio que essas histórias causam. Como boas narrativas de horror, elas vão além, proporcionando reflexões e questionamentos que ficam com a gente depois de a leitura terminar.

Agora, vamos conhecer melhor cada uma delas:

"Unidos de Vila Morta", de Cláudia Lemes

Nosso primeiro destino é a periferia paulistana, onde um grupo passa uma noite aterrorizante em um galpão. Em seu conto, Cláudia Lemes conta uma história de horror sobrenatural que, assim como "A casa", explora espaços amaldiçoados. A diferença é que aqui temos um galpão de escola de samba assombrado, o que aproxima esse contexto de uma realidade bem brasileira. Além disso, os carros alegóricos e as fantasias permitem destrinchar o sentido da palavra alegoria, que ganha mais de um significado.

Já o ritmo ágil da história e a trupe de crianças e adolescentes remetem a "A noiva do São João": aqui também a tensão é crescente rumo ao clímax, quando o sobrenatural se impõe na história. Nesses sentidos, "Unidos de Vila Morta" dialoga com títulos clássicos de aventuras assustadoras, como o filme *Goonies* (1985), de Richard Donner, ou os livros da série *Os instrumentos mortais*, de Cassandra Clare.

• Você sabe quando e onde surgiram os carros alegóricos dos desfiles?

• Neste conto, as alegorias têm sentidos diferentes. Você sabe dizer por quê?

"Meia-noite na Guerra do Paraguai", de Cristhiano Aguiar

Continuamos na região Sul, mas retrocedemos no tempo para acompanhar a aventura de Jorge, Candido e Crocodilo em plena Guerra do Paraguai. O conto de Cristhiano Aguiar promove um inquietante encontro: criaturas vampirescas e conflito armado. É também uma história de diferentes camadas, pois expõe o abismo entre as classes da sociedade brasileira à época — e que perdura até hoje.

Pela temática vampiresca, o conto se vincula a uma longa tradição da literatura de horror. Os romances *Carmilla* (1872), de Joseph Sheridan Le Fanu, e *Drácula* (1897), de Bram Stoker, são os títulos mais conhecidos, mas vampiros como os de Anne Rice — em particular de *Entrevista com o vampiro* (1976) — contribuíram para renovar esse universo.

- No conto, qual é a maior ameaça: a guerra ou *Eles*?
- Na sua opinião, por que militares e frequentadores da corte são vampiros?

"Crianças do mar", de Duda Falcão

Agora partimos para o litoral do Sul do país, palco da aterrorizante história vivida por Theo e sua mãe. A narrativa de Duda Falcão situa-se na fronteira entre o horror sobrenatural e o psicológico. Construindo-se em torno do delicado tema do luto, o conto tem, no primeiro plano, o universo íntimo de Theo. Por isso, desconfiamos se aquilo que o rapaz testemunha está ou não acontecendo.

É notável a influência de H. P. Lovecraft nas monstruosidades, com tentáculos e outros elementos típicos das entidades do autor de "O chamado de Cthulhu". Temos também um diálogo com a lenda da sereia Iara, que, da mesma forma que as crianças do conto, tentava atrair pessoas para o mar. Por fim, "Crianças do mar" joga luz em assuntos relacionados à saúde mental e às reações emocionais frente aos duros acontecimentos da vida.

- Na sua opinião, o que são as crianças do mar do conto? E o que é a criatura que as controla?
- Além da Iara, quais outras criaturas do imaginário brasileiro você conhece?

"Claire de Lune", de Flávia Muniz

Deixando o Sul do país, partimos ao interior paulista para acompanhar a jovem Luana em uma excursão escolar que vai mudar sua vida. Este conto de Flávia Muniz traz uma história de horror sobrenatural que aposta em lendas regionais para causar o arrepio. E o título — adaptado de "Clair de Lune", famosa música do compositor francês Claude Debussy — dá o tom da leitura: é uma história sinistra, tão triste quanto bonita.

E o horror não vem só do além: conforme conhecemos a trajetória de Luana, percebemos o assédio de que ela foi vítima por parte do padrasto. Assim, o conto induz a pensar sobre a importância de agirmos diante de situações que nos constranjam, buscando apoio.

Nesse sentido, "Claire de Lune" remete a famosas histórias de horror que tratam de abuso, como a noveleta *O papel de parede amarelo* (1892), de Charlotte Perkins Gilman, e o filme *A visita* (2015), de M. Night Shyamalan.

- Você conhece alguma lenda da região em que mora?
- Imagine que sua vida vá virar um livro cujo título seja o nome de uma música. Qual seria essa música?

"A décima quinta do círculo", de Flávia Reis

Do interior, vamos para a capital paulista. Aqui, temos a história da jovem Laura, que vai à festa de quinze anos de uma amiga e lá enfrenta grandes perigos. Nesta história, temos um exemplo do subgênero do horror psicológico. Isto é, mergulhamos na subjetividade perturbada de Laura e desconfiamos do que está acontecendo: será que ela está enlouquecendo, ou será que aquilo tudo aconteceu de verdade? A situação fica ainda pior com o contexto da pandemia e com a tempestade de areia no final.

A história trata também de angústias características da adolescência, período em que muitas vezes nos sentimos perdidos, isolados do mundo. Nesse sentido, "A décima quinta do círculo" remete a clássicos do horror, como os romances *Carrie* (1973), de Stephen King, e *Nós sempre vivemos no castelo* (1962), de Shirley Jackson.

- Para você, como foi sair do confinamento e voltar à vida social? Você sentiu algum tipo de ansiedade?
- Qual é a sua opinião sobre a crise do clima? Você acha ser possível revertermos o aquecimento global?

"A noiva do São João", de Márcio Benjamin

Agora, nosso destino é o interior do Rio Grande do Norte, onde se passa a arrepiante aventura protagonizada por Gustavo. Em seu conto, Márcio Benjamin traz uma típica história de horror sobrenatural. A estrutura fragmentada do conto permite trabalhar o encadeamento de ações, e a linguagem informal do discurso direto, marcado pela oralidade, confronta a norma-padrão da escrita.

A festividade que serve de fundo narrativo também abre espaço para se aprofundar o conhecimento acerca da cultura brasileira e sua riqueza de manifestações. Pelo clima e pelo enredo, "A noiva do São João" dialoga com a série *Stranger Things* (2016), da Netflix, e o filme *A noiva cadáver* (2005), de Tim Burton.

• Você tem medo de espíritos? Já participou de uma brincadeira do copo ou usou uma tábua de Ouija?

• O que você prefere, a cidade grande ou o interior? Por quê?

"Ana e a Outra", de Nathália Xavier Thomaz

Hora de voltar à capital paulista para a história de Ana, uma adolescente que recorre a uma medicação para melhorar nos estudos. Assim como "A décima quinta do círculo", este conto de Nathália Xavier Thomaz pertence ao subgênero do horror psicológico. A escolha de Ana por pegar um "atalho" para superar problemas na escola tem consequências perigosas, e o conto as explora pela via das dúvidas: o que está acontecendo com ela? Que entidade é essa que vai surgindo em seu interior?

A narrativa trabalha com o tema do duplo, bastante recorrente no horror. A ligação mais evidente é com *O médico e o monstro* (1886), de Robert Louis Stevenson — o nome do personagem Eduardo Haide vem de Mr. Hyde —, mas temos também o conto "William Wilson" (1839), de Poe.

• O que você costuma fazer para lidar com a ansiedade que bate antes de provas importantes?

• Se você conhecesse um medicamento que ajudasse a ir bem nos estudos, você tomaria?

"A casa", de R. F. Lucchetti

Nosso destino final é o interior do Rio de Janeiro. Aqui está "A casa" na qual o casal Rodrigo e Bia passam uma noite assustadora. O conto de R. F. Lucchetti traz um dos temas mais antigos do horror, a casa assombrada. É também uma narrativa de fortes traços góticos, com a presença fantasmagórica de um passado terrível, marcado por um crime passional.

Do ponto de vista estrutural, temos procedimentos fundamentais das histórias assustadoras, como a narração em primeira pessoa — o que aproxima a leitora ou o leitor da ação —, a construção gradativa da atmosfera e o clímax com uma reviravolta poderosa. Nesse sentido, "A casa" dialoga com clássicos, como os contos "A queda da Casa de Usher" (1839), de Poe, e "Venha ver o pôr do sol" (1988), de Lygia Fagundes Telles, e o romance *A assombração da casa da colina* (1959), de Shirley Jackson.

• Você conhece alguma história de casa assombrada? Já viu um fantasma ou sabe de alguém que tenha visto?

• "A casa" trata de um crime passional, ou seja, um crime motivado por emoções muito intensas. O que você acha desse tipo de delito?

Para seguir explorando mundos assustadores

• Dicas de livros: antologias *Medo imortal* (DarkSide, 2019) e *As melhores histórias brasileiras de horror* (Devir, 2018);

• Dicas da internet: Tênebra, primeira biblioteca digital de narrativas obscuras brasileiras: www.tenebra.org, e o site Terra Treva, de Oscar Nestarez, com resenhas, artigos e vídeos: www.terratreva.com;

- Dicas de filmes nacionais: desde os títulos de José Mojica Marins (criador da personagem Zé do Caixão) até os tempos atuais, são muitos filmes incríveis, como *As boas maneiras* (2018), de Juliana Rojas e Marco Dutra, e *Sem seu sangue* (2019), de Alice Furtado.

Autorias:
quem está por trás de cada conto

Oscar Nestarez, oganizador

(São Paulo, 1980) É ficcionista, tradutor e doutor em literatura comparada pela USP. Publicou a coletânea de contos *Horror adentro* (Kazuá) e *O breu povoado* (Avec), o romance *Bile negra* em 2018 (Pyro) e a novela *Claroscuro* (Draco). Como tradutor, já verteu importantes obras para o português, como *O castelo de Otranto*, de Horace Walpole (Novo Século) e *O retrato de Dorian Gray*, de Oscar Wilde. Também é colunista da revista *Galileu*.

Cláudia Lemes

(Santos, 1979) Atua no mercado editorial como autora de romances policiais (*A segunda morte de Suellen Rocha*, *Inferno no Ártico* e *Eu vejo Kate*, entre outros), ghostwriter, roteirista, mentora de autores e leitora crítica. Tem diversos cursos de sucesso para autores e é fundadora da Associação Brasileira de Escritores de Romance Policial, Suspense e Terror (Aberst). Recentemente, criou sua própria editora, a Rocket Editorial. Vive em Santos com o marido e os três filhos e ama trabalhar com livros.

Cristhiano Aguiar

(Campina Grande, 1981) É escritor, crítico literário e professor. Formado em letras pela Universidade Federal de Pernambuco (UFPE), é mestre em teoria da literatura pela mesma instituição e doutor em letras pela Universidade Presbiteriana Mackenzie. É autor dos livros de contos *Na outra margem*, o *Leviatã* (Lote 42, 2018) e *Gótico nordestino* (Alfaguara, 2022). Participou da antologia *Granta: Os melhores jovens escritores brasileiros*. Seus textos foram publicados nos Estados Unidos, Inglaterra, Argentina e Equador.

Duda Falcão

(Porto Alegre, 1975) É escritor, professor de escrita criativa, editor e doutor em educação. Entre suas publicações, estão *Mausoléu* (2013), *Treze* (2015), *Comboio de espectros* (2017), *O estranho oeste de Kane Blackmoon* (2019) e *Representações culturais e pedagogia dos monstros no universo de H. P. Lovecraft* (2021). É também organizador da Odisseia de Literatura Fantástica e do Prêmio Odisseia de Literatura Fantástica. Em 2018, ganhou o 1º Prêmio Aberst de Literatura na categoria Conto de Suspense/Policial.

Flávia Muniz

(Franca, 1956) É escritora de literatura para jovens e crianças. Formada em pedagogia, com especialização em orientação educacional pela Pontifícia Universidade Católica de São Paulo (PUC-SP), tem uma centena de obras publicadas, algumas selecionadas pela Fundação de Assistência ao Estudante e pelo Programa Nacional Biblioteca da Escola, e traduzidas para outros idiomas. Foi indicada três vezes ao Prêmio Jabuti e recebeu, da Associação Paulista dos Críticos de Arte (APCA), o prêmio de Melhor Livro Juvenil em 1991.

Flávia Reis

(São Paulo, 1975) É escritora, poeta e cronista. É mestre e doutora em letras pela Universidade de São Paulo (USP) em literatura infantil e juvenil. Tem diversos livros publicados para crianças e jovens, selecionados pela Fundação Nacional do Livro Infantil e Juvenil (FNLIJ). Em 2020, recebeu o Prêmio de Seleção Cátedra de Leitura da Unesco, pelo livro *Maremoto*, também indicado ao Prêmio Jabuti.

Márcio Benjamin

(Natal, 1980) É autor de romances e livros de contos folclóricos de terror (*Maldito Sertão*, *Fome* e *Agouro*). Foi finalista dos prêmios Aberst de Literatura e Off Flip de Literatura (2020), e ganhador do Prêmio Odisseia de Literatura Fantástica e Moacy Cirne de Ficção com seu romance *Romaria*.

Nathália Xavier Thomaz

(Belo Horizonte, 1985) É escritora e doutoranda na área de literatura infantil e juvenil na Universidade de São Paulo. É graduada em psicologia pela Universidade Metodista de Piracicaba (Unimep), pós-graduada em literatura e crítica literária pela PUC-SP e mestre em literatura infantil e juvenil pela USP. Há dez anos atua como editora, tradutora e produtora de conteúdo no mercado editorial.

Rubens Francisco Lucchetti,

(Santa Rita do Passa Quatro, 1930) Ou **R. F. Lucchetti**, como é mais conhecido, escreve profissionalmente desde 1948. Dedica-se aos gêneros de horror, de suspense, fantástico e de mistério. Publicou 1.547 livros, escritos por encomenda e assinados com diversos pseudônimos e heterônimos, e aproximadamente 35 livros com seu nome. É roteirista de cinema, tendo como parceiros habituais José Mojica Marins (criador da personagem Zé do Caixão) e Ivan Cardoso. É roteirista também de histórias em quadrinhos. Desde 2014, a Editorial Corvo vem lançando uma coleção de livros com seu nome, em 21 volumes.